Michael Rentzsch

Ich bin so wie ich bin…

…und das ist gut so.

Bibliografische Information der Deutschen Nationalbibliothek: Die Deutsche Nationalbibliothek verzeichnet diese Publikation in der Deutschen Nationalbibliografie; detaillierte bibliografische Daten sind im Internet über dnb.dnb.de abrufbar.

© Text 2022 Michael Rentzsch

© Bilder 2022 Michael Rentzsch

Herstellung und Verlag: BoD – Books on Demand, Norderstedt

ISBN: 9783734732812

Vorneweg,

mein Name ist Michael Rentzsch. Ich bin am 06.10.1977 in Halle an der Saale geboren. Ich habe also noch etwas von dem DDR-System mitbekommen.

Meine Familie ist im Jahr 2000 aus unserer Heimatstadt weggezogen. Wir wollten in dem schönsten Bundesland sesshaft werden. Für uns Kinder hat es funktioniert. Unsere Eltern sind irgendwann in die Geburtsstadt des Vaters gezogen.

Ich habe zwei liebe Kinder und bin sehr stolz auf die beiden.

Ich habe auch irgendwann mal einen Beruf erlernt. Mein erster Beruf ist Kaufmann im Einzelhandel. Irgendwann wollte ich das nicht mehr und habe eine Ausbildung als Berufskraftfahrer absolviert. Und weil mir ja langweilig ist, habe ich noch ein Fernstudium als Natur- und Umweltpädagoge absolviert.

Ich möchte euch ein Stück auf meiner Lebensreise mitnehmen. Ich möchte nicht jammern, auch kein Mitleid. Ich würde mich nur über etwas Verständnis freuen.

So, ihr lieben Leser, ich werde mal loslegen, ist ja doch etwas Arbeit - also für mich. Ich wünsche euch viel Spaß beim Lesen und wenn es euch gefallen hat oder auch nicht würde ich mich über eine Rückmeldung freuen. Man findet mich in den einschlägigen Internetplattformen.

Euer Michael Rentzsch

Was erwartet dich Schönes?

Ich schreibe die Danksagung gleich als erstes.

Danach kommt eine kurze Gedankenreise mit ernstem Hintergrund.

Und dann, ja dann geht es endlich los.

1. Wer ist „Ernst"….?

2. Am Anfang stand….?

3. Alles oder nichts….?

4. Kümmere dich um dich….!

5. Alles zu Ende….?

6. Immer auf der Suche….?!

7. Woher….?

8. Zusammen oder doch alleine….?

9. Was ist das Wichtigste….?

10. Woher kommt die Kraft….?

11. Wo will ich den hin….?

12. Warum und wieso….?

13. Das Ende….?!

Ich möchte in diesem Buch im Rahmen meiner therapeutischen Arbeit mein **„Gestern"** für eine besseres **„Morgen"** verarbeiten.

Mein bisheriges Leben hat mich dahin geleitet, wo ich jetzt bin. Wie das Leben nun mal so läuft, folgt auf Regen fast immer Sonne und umgekehrt.

Ich möchte mich bei allen Menschen bedanken, die bisher und auch in Zukunft in mein Leben treten werden.

Der größte Dank geht an meine lieben **Eltern, Gabi** und **Lothar**. Ohne die ich nichts wäre.

Einen ganz großen Platz in meinem Herzen geht an meine großartige Vertraute, Freundin und Ehefrau **Nici**. Ohne ihr „da sein" wäre ich nicht bereit gewesen, mich mit mir zu beschäftigen. Danke dafür.

Bedanken möchte ich mich recht herzlich bei meiner **Therapeutin Petra** und meinem **Freund Dietmar**. Sie zeigen mir Wege, um im Sturm zu bestehen.

Jetzt hätte ich fast die zwei wichtigsten vergessen. **Vivien** und **Kilian**. Ich bin so stolz auf euch. Und ich danke jeden Tag, dass es euch gibt.

Einen ganz großen Dank sage ich auch an meine **Großeltern Werner** und **Marianne**.

Ein Dank geht an einen geheimen, aber wichtiges Mitglied meiner Familie. Danke **Helmut** fürs Zuhören und die Geduld.

Auch ihr lieben musikalischen Künstler. Danke für so manches Lied voller Tränen.

Danke, sage ich auch allen, die mir jeden Tag Steine in den Weg legen. Es hält mich nicht auf, es fordert mich heraus.

Jeder, den ich nicht erwähnt habe, möge mir verzeihen. Wenn du möchtest, bekommst du ein persönliches Dankeschön.

Ein ganz großer Dank geht an alle, die immer der Meinung waren, aus dem wird nichts, und der kann nichts. Das Gegenteil ist der Fall.

Fantasiereise

Da war dieser schrecklich gestrichene grüne Gang. Mit genauso hässlichen Bildern wie Fliesen an Wänden und Böden. Er endet in einer unfreundlichen krankenhausartigen Halle. Das Neonlicht taucht den Raum und die Umgebung in eine kalte, sterile Atmosphäre.

Leute liefen durch die Gänge. Es gab da nicht nur diesen grünen Gang, sondern auch noch einen genauso schrecklichen weißen. Ich glaube, der Innenarchitekt war ein Meister seiner Zunft.

Diese Halle erinnert mich an etwas, was ich irgendwo her kenne. Ich überlege einen kleinen Augenblick und kaue dabei unbemerkt an meinen Fingernägeln.

Da kam es mir. Auf den alten Denkkasten war eben doch noch Verlass. Es war eine Dokumentation über ein altes Krankenhaus aus der Nazizeit. Wenn es meine Zeit zulässt, schaue ich oft Dokumentationen über Zeitgeschichte, Tiere oder ferne Länder. Nur hier ist den schmerzverzehrten Schreien ein fröhliches, schon fast vergnügliches Lachen gewichen. Ich war in einer Schule.

Ich muss raus, raus in die Nacht und die Kälte. Es war ein nasser Oktoberabend.

Ich trat vor die Tür. Die Blätter an den Bäumen waren bereits bunt gefärbt. Der Wind spielte mit ihnen. Er spielte oft mit ihnen, denn die Straßen und Wege waren voll davon. Ich liebte diesen

Anblick, und ich genoss den Moment. Das Rauschen des Windes in den Bäumen und das Geräusch unter meinen Füßen, es raschelt und knistert bei jedem Schritt. Die Luft ist erfüllt von Herbstgerüchen.

Da wird meine Gedankenreise abrupt durch das Klingeln meines Handys unterbrochen.

Ich bin nicht der Techniktyp, mit meinem Handy kann man noch Bierflaschen öffnen oder Nägel in die Wand schlagen. Ich bin allgemein eher Old School. Ich habe weder Apps noch soziale Medien. Mein soziales Medium heißt „raus gehen", was ich nicht gerne tue.

Meine Frau stört meine friedliche Ruhe und die gedankliche Reise durch eine Herbstlandschaft.

„Helmut, wo bist du?!"

Ich schaute mich ratlos um.

„Ich kann es dir nicht sagen. Ich weiß noch nicht mal wie ich dahin gekommen bin."

Am anderen Ende war Stille, lange Stille.

„Hallo, bist du noch da?", fragte ich ängstlich.

„Ja", hörte ich es vorwurfsvoll.

„Hast du getrunken?", fragte meine Frau mit lauter und erboster Stimme.

Ich hielt mir die Hand vor den Mund und atmete tief aus um ganz kleinlaut zu sagen „Nein".

Meine Frau schrie mich an **„Komm nach Hause!"**

Ich antwortete ganz klein, so als wenn ich eine zentnerschwere Last auf meinen Schultern trage „Ja".

Sie legt auf. Ich stecke mein Handy ein.

Nach einer Weile füllten sich meine Gedanken und mein Körper mit Wut. Wut über mich selbst mal wieder nicht kontra gegeben zu haben und nicht das gesagt zu haben, was ich wollte. Wut über meine Frau und den respektlosen Umgang mit mir. Wut darüber, nicht über meine Gedanken und Gefühle gesprochen zu haben.

Nach Hause, wo ist das?

Und noch viel mehr stellt sich die Frage wie?...

1. Wo war Ernst….?

Da stand er nun, vor dem großen Haus, welches er nur vom Vorbeigehen kannte.

Es war September 84 und es war soweit. Die Kleiderwahl war aus heutiger Sicht nicht die Beste. Die große schon fast hässliche Brille zeichnete mein Gesicht. Das braun-karierte Hemd und die völlig falsche Hose rundeten das Bild ab. Ein hässliches Entlein.

Auf dem Rücken eine Schultasche und im Arm eine liebevoll gekaufte große Schultüte. Ganz oben schaute ein großer Affe aus Plüsch aus ihr heraus.

Dieser kleine große Kerl sollte noch eine sehr wichtige Rolle in meinem Leben spielen.

Und so stand er da, mit seinen stolzen Eltern. Nun ja, meistens mit einem Elternteil, den so was wie Smartphones und Selfie-Sticks gab es noch nicht und jemand musste ja die wichtigsten Momente des Lebens in einem Bild festhalten. Meine liebe kleine Schwester, damals noch im Buggy, und meine liebe Oma und hunderte andere Leute waren auch da.

Sie wollten alle in dieses große Haus mit den vielen Fenstern und den dunklen Klinkersteinen. Alle warteten vor der großen Treppe. Das Gebäude hatte schon fast einen schlossartigen Charakter. An den Seiten waren mit niedrigen Hecken abgegrenzte Rasenflächen.

Es war Einschulung. Ein neuer wichtiger Lebensabschnitt sollte beginnen.

Damals wurde die Einschulung noch groß mit der ganzen Familie gefeiert. Man war an diesem Tag der Mittelpunkt und hatte die Hauptrolle inne.

So müssen sich Könige gefühlt haben. Was für ein tolles Gefühl.

Die Erwachsenen sagten immer „Bald kommt der Ernst des Lebens."

Ich habe mich schon oft gefragt, wer mag das sein, dieser **„Ernst"**. Ich sollte es bald erfahren.

Alles war so neu und aufregend. Viele Kinder aus meiner Klasse kannte ich noch aus dem Kindergarten.

Da war der Daniel. Seine Mutter war eine Deutsche und sein Vater aus Angola oder so. Er hatte schwarzes gelocktes Haar und seine Hautfarbe erinnerte ein wenig an Milchkaffee. Wir waren so was wie Freunde. Oder habe ich mir das ganz tief drin nur gewünscht?

Und da gab es noch dieses Mädchen. Groß, blond und einfach toll. Sandy hieß sie. Sie wohnte in der Nähe, aber dennoch später für mich unerreichbar und ganz weit entfernt.

Der erste Schultag, es waren so etwa 24 Kinder in der der Schulklasse. Natürlich können es auch mehr oder weniger gewesen sein, nun ja soweit zählen ging eben noch nicht. Wir saßen immer an zweier Schulbänken. Ganz vorn war eine große grüne Tafel und davor stand der noch ab und zu wichtig werdende Lehrertisch.

Wenn ich mich so zurück erinnere, haben wir die ersten Tage nur Buchstaben geschrieben. Kleine a´s und große A´s bis zum Z. In Mathe sah das nicht anderes aus. Immer schön die Zahlen schreiben gelernt. Tagelang, nicht wie heute. Heute lernt man Worte wie „Rakete" schreiben und lesen. Was ich recht blödsinnig finde.

Ich würde ja auch nie das Radfahren vor dem Laufen lernen. Nun ja, waren eben andere Zeiten.

Die Schule und das Lernen haben mir schon irgendwie Spaß gemacht. In den höheren Klassen fand ich dann Biologie und das Wissen über die Natur sehr spannend.

Chemie war mein Lieblingsfach. Den Rest, naja, sagen wir es so, es war eher eine Pflicht als die Freude darüber.

Wenn ich mich so allgemein an meine Schulzeit zurück erinnere, bin ich immer Konflikten auf zwei Arten aus dem Weg gegangen.

Möglichkeit eins: Ich habe versucht es mit Worten zu lösen. Wenn das nicht geholfen hat, bin ich gegangen. Dieses Gehen stellt sich für mich aus heutiger Sicht als großer Fehler heraus. Ich hätte in solchen Momenten lernen können, mich mit Worten durchzusetzen. Naja, „shit happens", wie man heute sagt.

Der zweite Weg der Konfliktlösung hieß Nico.

Nico war älter als ich und wohnte in meiner Straße ganz am Ende. Eigentlich richtig genommen wohnte er im selben Haus. In dem Straßenabschnitt in dem wir wohnten stand ein ewig langes zweitstöckiges Reihenhaus und wir wohnte jeweils am Ende davon. Nico war schon einige Jahre recht erfolgreich in einem Boxclub tätig. Jedes Mal, wenn es Ärger in der Schule gab und Möglichkeit 1 nicht mehr half, stellte ich mich zu ihm. Ich glaube, nur durch das daneben stehen hatte ich meine Ruhe.

Was mir zwar im Moment Ruhe verschaffte, aber im Leben noch Probleme bereiten sollte.

Nach jahrelanger Erfahrung mit diesem, meinem Leben sollte mir das auf eine schmerzhafte Art und Weise klar - werden.

Der erste wirklich von mir herbei gerufene Wendepunkt in meinem Leben war mit 14.

Ich hatte bis dahin einen stabilen, aber überschaubaren Freundeskreis. Wir waren ein gemischter Haufen aus Jungs und Mädels. Zwei wichtige Menschen waren Marco und Manuela. Mit Marco habe ich so viele Sachen erlebt, aber dazu später mehr. Kommen wir zum Wendepunkt zurück. Mit 14 stand das erste Mal das Thema Alkohol im Raum, noch weit vor dem anderen Geschlecht. Mädels haben mich damals noch nicht so interessiert.

Jedenfalls wir hatten Jugendweihe, das heißt wir waren junge Erwachsene und auf das Gerede der Eltern haben wir nicht viel gegeben. Zu meiner Jugendweihezeit sind ganze Schulklassen nach Buchenwald in die noch heute existierende KZ-Gedenkstätte gefahren.

Da ich ein Kind der Wende bin, habe ich noch einen Teil meiner Schulzeit als „JP" also als Jungpionier verbracht.

Wir hatten alle weiße Hemden mit einem Aufnäher auf dem linken Arm. Darauf stand ganz groß „JP", darüber „seid bereit" und gekrönt wurde das Ganze mit drei Flammen. Auf dem Kopf trugen wir blaue Mützen. Und jeder hatte einen Ausweis. Auf der Rückseite standen Gebote, nach den wir leben sollten. Die höheren Stufen dieser Organisation sollte ich auf Grund des Mauerfalls nicht mehr erleben. Was sich aus heutiger Sicht als Glück erwies.

Nach der Jugendweihe stand irgendwann das Thema Schulwechsel zur Debatte. Der Wunsch meiner Eltern war es, dass ich ein Gymnasium besuche. Ich habe mich mit Händen und Füßen dagegen gewehrt.

Leider bin ich schon wieder mal den Weg des geringsten Widerstandes gegangen. Nur hieß er diesmal nicht weglaufen oder Nico, sondern Rebellion und auch Alkohol.

Rebellion gegen den Wunsch der Eltern und wahrscheinlich auch gegen den „kleinen Michael". Die Rebellion gegen die Eltern hat funktioniert, die gegen mich nicht unbedingt. Das war auch kein schleichender Prozess, sondern eher ein großer Knall.

Erst die falschen Freunde, dann das Rauchen und immer wieder Alkohol. Ich möchte hier nur erwähnen, dass ich kein Alkoholproblem habe. Und dann wurden die Schulnoten immer schlechter, sodass das Ziel bzw. die Wünsche meiner Eltern unerreichbar wurden.

Wie sagt man so schön „im Alter kommt die Erkenntnis". Wer weiß was aus mir geworden wäre, wenn ich mich auf den Wunsch oder nennen wir es Experiment eingelassen hätte.

Keine Angst aus mir ist schon noch was recht Ordentliches geworden. Glaube ich zumindest.

Die Schule habe ich dann doch noch recht gut abgeschlossen.

Aber die Schulzeit zeigt mir schon ein wenig wer **„Ernst"** ist und wie er das so alles meint.....

2. Am Anfang stand....?

Ich sitze gemütlich in eher legeren Klamotten bei einer Tasse Früchtetee und Kerzenschein an meinem Lieblingsort. Ich habe viele Lieblingsorte in unserem kleinen Haus.

Wir wohnen in einem Reihenhaus mit Garten. Den ich, so denke ich zumindest, etwas naturbelassen habe. Gut, das liegt im Auge des Betrachters. Der eine sagt Unkraut. Ich nenne es den Kreislauf der Natur. Aber wie ich schon erzählt habe bin ich überzeugt, dass die Natur uns Menschen überdauert. Das sind nun mal Naturgesetze.

Wenn ich so gedanklich durch unser Haus gehe fallen mir so einige schöne Orte ein. Da wäre unser Bad, nichts luxuriöses, eher klein und funktionell, aber mit vielen Erinnerungen. Da lag noch der Duft vom letzten Schaumbad in der Luft. Dort habe ich oft mit meiner Partnerin tolle Gespräche geführt oder einfach mal wieder wie kleine Kinder mit dem Schaum gespielt und alles unter Wasser gesetzt.

Wo ich auch gerne bin, ist meine kleine Werkstatt im Keller. Manchmal sprudeln die kreativen Ideen nur so aus mir heraus. Ich arbeite sehr gern mit Holz und verarbeite oftmals gebrauchte Gegenstände zu Neuen. Ok, es ist jetzt keine Profiarbeit, aber darum geht es auch nicht. Es muss mich glücklich machen und auch stolz. Es gibt ja für so was auch einen Fachbegriff „Upcycling", aber dieser gefällt mir nicht so sehr. Laut Definition sind das ja Abfallstoffe bzw. nutzlose Stoffe. Das sind sie aber nicht, da ja schon eine gewisse Energie und Leistung in die Herstellung geflossen ist. Ich nenne es lieber Umwandlung oder Aufwertung.

Das Wohnzimmer ist schon fast auf dem ersten Platz unter den Lieblingsorten, aber eben nur fast. Wir haben irgendwann begonnen, dort alles rauszuschmeißen, was wir nicht unbedingt benötigen. Der Minimalismus ist der neue Reichtum. Es ist so ein befreiendes Gefühl Ballast aus Jahren los zu werden. Dafür haben wir für unsere Degus eine Landschaft geschaffen, die ein wahres Paradies ist. Auch für unsere zwei Katzen haben wir einen riesigen, durch das halbe Wohnzimmer gehenden Kletterbaum gebaut. Fast alle Sachen sind eben aus gebrauchten Dingen neu entstanden.

Aber mein Lieblingsplatz ist die Küche. Dort ist es hell, offen und die Gedanken können sich frei entfalten. Soll jetzt aber nicht heißen, dass der Rest klein und dunkel ist. Außerdem mag ich diesen Ort, weil es immer gut riecht. Gerade duftet es noch nach frisch gebackenem Kuchen und Kaffee. Ich habe heute Morgen mal wieder einen gemacht. Ich versuche mich oft am Backen sogar mit guten Ergebnissen. Es geht mir dabei nicht um den Kuchen, sondern eher um die Erinnerungen an die Kindheit. Haben wir das nicht alle als Kind geliebt, wenn Mutter mal wieder gebacken hat und wir die Teigschüssel auskratzen durften. Erst mit dem Löffel oder den Fingern und zum Schluss am liebsten mit dem ganzen Kopf hinein, weil die Zunge des Menschen und die von Kindern im speziellen zu kurz ist. Einfach herrlich. Und der Geruch, wenn der Kuchen im Ofen ist. Das fühlt sich manche Tage an, als wenn Mama vor mir steht und mich voller Liebe im Arm hält. Da rückt das Kuchenessen dann fast etwas in den Hintergrund. Wenn ich Zeit und Lust habe (breites Grinsen) stehe ich gerne in der Küche und koche oder backe. Das hat so etwas Meditatives. Nur der Herd, der Topf, der Löffel und ich. Quasi die 4 Superhelden, bereit aus etwas Unscheinbaren etwas Großartiges zu schaffen.

Ich habe mir bzw. für meine kleine Familie sehr viele Kraftorte zu schaffen versucht. Und ich entdecke auch ständig Neue, ob in der Natur oder in Städten. Schon mal bewusst einen Baum umarmt? Es schaut von außen betrachtet komisch aus, aber wenn man es mal gemacht hat ist es ein erhabenes Gefühl. Wenn man genau hinhört und hinsieht, kann man das Leben im Baum spüren. In solchen Momenten zeigt es mir immer wieder, wie mächtig die Natur ist. Bäume und Pflanzen wachsen überall, wenn man sie nur lässt. Die Kraft ist so groß und mächtig, dass sogar auf Steinen Bäume wachsen können. Ich mache mir in letzter Zeit sehr viel Gedanken über mein Umfeld und die Welt die mich umgibt. Ich würde gerne diese Welt bunter machen ohne Leid, Trauer und Sorgen. Aber dafür bin ich „noch zu klein". Aber kleine Schritte führen auch zum Ziel, also fange ich erstmal mit meiner kleinen Welt an.

Meine Großeltern haben mir sehr viele Dinge gezeigt. Wie aus einem „Samen" eine wunderschöne Blume wächst zum Beispiel. Dass es Arbeit und viel Mühe bedarf und auch mal der eine oder andere Rückschlag passiert, aber das Ergebnis wird sehr, sehr schön. Natürlich kann man das sinnbildlich auch auf mein Leben sehen. Diese Neigungen zur Natur und Gedanken darüber brachten und bringen mich ein Stück weit dorthin, wo ich jetzt bin. Leider ist mein Opa Werner viel zu früh gestorben. Ich wäre gerne weiter mit ihm auf meinem Lebensweg gemeinsam unterwegs gewesen und ihn mit meinem Tun stolz gemacht. Als meine Oma Marianne vor ein paar Jahren gestorben ist, hat es mir nicht nur den Boden unter den Füßen weggezogen. Nein, es war ein so schwarzes Loch, das mich und Teile meiner Erinnerungen verschluckt hat und am Ende des Tunnels, nur mich wieder ausgespuckt hat. Nicht mehr derselbe und ganz anders als gewohnt. Mittlerweile weiß ich, der Tod gehört zum Leben wie die Geburt. Das Sterben ist daher nur die logischste Konsequenz. Ich weiß ja, dass sie mir von irgendwo zusehen und sich freuen, wenn ich mal wieder etwas erreicht haben. Nein, nicht freuen, sie sind stolz.

Ich habe durch meine Arbeit mit meiner lieben Therapeutin gelernt, nein, gespürt, welche Kraft meine Gedanken haben können. Was sie bewegen und erreichen können. Bisher war das für mich immer nur eher eine Spinnerei. Nun ja, ich bin zwar schön älter, aber nicht beratungsresistent (breites Grinsen).

Es gibt auch in letzter Zeit viele Ereignisse, die mich bewegen und noch genauer nachschauen und nachdenken lassen. Da ist der Glaube an Gott, ich bezeichne es lieber als „Eltern". Ich glaube zwar nicht daran, dass wir von „göttlichen Eltern" abstammen, sondern von weltlichen. Aber was ich glaube ist, dass für jeden ein Buch existiert in dem sein Leben niedergeschrieben steht. Zwar nicht komplett, aber in groben Zügen. In dem Buch sind immer wieder freie Stelle für neue Ideen und Richtungen zur Verbesserung oder für Neuanfänge. Ich bin auch davon überzeugt, dass unsere Ahnen auf uns aufpassen und uns hin und wieder mal in den Arsch treten, damit die Laufrichtung und Geschwindigkeit wieder passt. Natürlich nur sinnbildlich gesehen.

Dies bringt mich zur nächsten Überlegung und auch zur prompten Umsetzung. Ich beschäftige mich gerade mit dem Thema Buddhismus. Nicht das jetzt jemand meint, nun spinnt er und wird Mönch und geht ins Kloster.

Nein. Ganz im Gegenteil, ich möchte die alten Traditionen in mein modernes Leben integrieren. Durch das Lesen und Nachdenken über diese Lebensweise und dessen Lehre habe ich feststellen können, dass es sich einfacher lebt. Auch wenn ich hin und wieder auf ein wenig Missverständnis und Verwunderung stoße. Ich habe eben immer zwei Möglichkeiten, entweder ich rege mich über mein Gegenüber auf oder bin eben dankbar dafür. Die erste Möglichkeit bringt mich kein Stück weiter, obwohl doch der Puls steigt und die Haare grau werden. Möglichkeit zwei ist viel effektiver. Selbst dem größten Idioten soll man dankbar sein. Warum? Weil er mir zeigt, wie ich nicht sein möchte und das ist einen Dank wert. Aber die wichtigste Eigenschaft oder Fähigkeit ist für mich die Achtsamkeit. Was ist das nun wieder? Ganz einfach. Achtsamkeit beschreibt den Umgang mit mir, meinen Mitmenschen und meiner Umwelt. Dadurch entdecke und lerne ich täglich neue Möglichkeiten stolz zu sein. Achtsam heißt auch keine Menschen zu beurteilen und schon gar nicht zu verurteilen. Ich habe manchmal das

Gefühl, mich umgibt eine strahlende Aura, noch nicht sehr hell, aber schon sichtbar. Ich merke es ganz oft auf der Straße an anderen Leuten oder bei unseren zwei Katzen. Sie sind viel ruhiger und offener. Meine Therapeutin hat mal gesagt: „Dein Umfeld wird deine Veränderungen merken". Sie sollte sowas von Recht haben.

Mein **Freund Helmut** kann davon ein Lied singen. Er ist zu einem treuen Begleiter in meinem Leben geworden. Er kennt meine Geheimnisse, weiß wie es mir geht. Was ich denke und tue. Wer Helmut ist? Helmut ist mein persönliches Tagebuch. Ja, auch wir Männer können, dürfen, sollten und müssen Tagebuch schreiben. Es gibt überhaupt viele Sachen, die wir machen dürfen. Ich mag zwar das Wort „müssen" nicht, aber in dem Zusammenhang benutze ich es gern. Ja, wir müssen auch mal weinen. Ich weine oft. Mehr noch, ich heule wie ein kleines Kind, dem der Lutscher geklaut wurde. Dieses Heulen hat nichts mit Weicheierei zu tun. Das ist mein Ventil, wenn die innere Anspannung zu groß wird.

Mir hilft dabei ganz oft Musik und oder schöne Erinnerungen. Wie toll war doch der Besuch von meinen Kindern, der jetzt auch schon wieder sehr lange her ist.

Ich weiß, was passieren kann, wenn man eben nicht weinen kann. Und der, der sagt, **„Männer weinen nicht"** gehört bestraft und, entschuldigung, geschlagen. Natürlich nur verbal. Es ist ja letztendlich nur das Ergebnis von Wut, Angst, Liebe oder anderen Gefühlen. Also ganz normal. Mein Traum bzw. ein Wunsch wäre es einmal im Arm eines Freundes zu weinen. Hört sich eventuell etwas komisch an, aber dann hätte ich wieder eine Etappe auf meiner Suche erreicht. Ich habe mal von einem lieben Menschen gehört: „Du bist wie ein Wanderer, der auf der Suche nach dem Ziel ist." Und das Ziel rückt Schritt für Schritt näher und vor allem habe ich eins. Es wird immer mehr sicht- und greifbar.

So aber auf den Anfang zurückzukommen und warum erzähle ich euch das alles. Das Umdenken und das Neuausrichten meines Lebens setzt so viel Kraft und Kreativität in mir frei, die mir manchmal positive Angst macht. Und das ist sehr gut. Die Arbeit mit Glaubenssätzen bedarf viel Kreativität und Aussagekraft. Meiner heißt im Moment „Alles wird besser." Und mal so am Rande, wenn jetzt jemand meint, naja etwas Therapie machen und sich ein wenig hinsetzten und zuhören ist doch nichts. Wenn du wirklich etwas verändern möchtest, dann ist das harte Arbeit und ich spüre es nach jeder Sitzung am eigenen Körper. Und darum können und müssen auch Glaubenssätze Änderungen bewirken. Und zwar wenn ich das "Besser" erreicht habe, könnte er ja lauten: **„Am Ende ist alles gut".**

3. Alles oder nichts…?

Das wichtigste im Leben ist doch nicht was habe ich, sondern wo komme ich her und noch entscheidender wo möchte ich hin. Ohne das Gestern gibt es kein Heute und ohne Heute gibt es kein Morgen. Hört sich komisch an, aber hier ein kleines Beispiel: Hätte es meine Großeltern nicht gegeben, hätte ich auch keine Eltern. Diese hätten natürlich auch keine Kinder, also mich und meine Schwester. Und ohne uns hätten sie auch keine Urenkelkinder.

Wie du siehst, hängt alles mit allem zusammen und das eine kann ohne dem anderen nicht sein. Darum ist es mir wichtig, über das „Herkommen" und „Hingehen" zu schreiben.

Ich bin am 6. Oktober 1977 in Halle, Kröllwitz geboren. Wer sich etwas auskennt, das ist in Sachsen-Anhalt in der Nähe von Leipzig. Gewohnt haben wir aber die Hälfte meines Lebens in Merseburg. Diese Stadt ist bekannt für seinen Dom, das Schloss, die Saale und die Sage vom „Merseburger Raben". Es gibt dort in der Umgebung sehr viele Burgen und Schlösser. Die Stadt wurde so um 1000 nach Christus das Erste mal erwähnt. In der Region haben viele Schlachten und Kriege stattgefunden. Ich möchte jetzt keine Stadtchronik schreiben und man möge mir meine Nicht-Kenntnisse in Stadtgeschichte verzeihen. Darum halte ich mich sehr kurz.

Ein Tipp am Rande, wenn ihr mal in der Nähe seid besucht die Saale-Unstrut Gegend. Dort findet man wunderschöne Weinberge und eben viele Schlösser und Burgen. In Freiburg befindet sich die sehr bekannte Sektkellerei „Rotkäppchen". Ja, ein Kind des Ostens genau wie Bautzener Senf, Fit und Knusperflocken. Danke, dass es euch noch gibt.

Ich habe als Kind viel Zeit bei Oma Marianne und Opa Werner verbracht. Mein Opa war ein gemütlicher Typ.

Groß, graue Haare und einen opa-typischen Bauch. Leider war ich zu jung als er gestorben ist und ich kann mich nur noch durch Fotos und Erzählungen an ihn erinnern. Er hat sehr viel selbst gebaut. Zum einen weil es früher nicht anders ging und zum anderen hatte er wahrscheinlich einfach das Talent dazu. Und ich habe mal gehört, dass bestimmte Dinge an Enkelkinder vererbt werden. Das wird auch der Grund sein, warum ich so gerne Dinge baue. Und ich habe eh mehr Affinität für einen Blaumann als für einen Anzug.

Ich habe gerade mal wieder ein Bild in der Hand, darauf steht Opa locker, schon fast lässig mit einem Arm nach oben an der Laube gelehnt. Und wie sollte es anders sein in Unterhemd und Arbeitshose. Was für ein schönes und vertrautes Bild. Von Beruf war er bei der Deutschen Reichsbahn als Rangierer. Meine Großeltern hatten damals einen Schrebergarten, mit dem sie sich selbst versorgen konnten und auch einen Zufluchtsort vom Alltag hatten. Dort konnte Opa sich so richtig austoben.

Laube bauen mit Außentoilette oder der kleine Fischteich daneben. Das Gewächshaus mit Gurken, Salat und Tomaten. Meine Oma hatte immer beim Arbeiten, ob daheim oder im Garten eine Schürze an, meistens mit Blumenmuster. Oma war sowieso die beste und verständnisvollste Frau, die ich bis damals kannte. Die beiden waren noch ein anderer Schlag Mensch, da wurden die guten Sachen nach dem Arztbesuch fein säuberlich wieder in den Schrank gelegt bzw. die Hosen auf einem Bügel aufgehangen. Und einfach etwas Neues kaufen und das alte wegwerfen gab es auch nicht, die Sachen wurden benutzt bis sie wirklich total kaputt waren. Das nenne ich mal Umweltschutz.

Ich schaue mir gerne Fotos aus dieser Zeit an. Eines liebe ich aber ganz besonders. Darauf sitzt der kleine Michael mit etwa 1 Jahr auf dem Gehweg. Ok, Weg war es noch nicht, es fehlten noch die Gehwegplatten. Ich hatte weiße Sachen an, es kann auch gelb gewesen sein, da man das bei schwarz-weiß Bildern schlecht erkennt, und ich war glücklich. Lachend, im Dreck sitzend und zufrieden. Der schönste Platz war auf der Wiese, dort stand unter zwei Kirschbäumen eine Hollywoodschaukel. Das Gestell war blau und die Auflagen mit einem Blumenmuster. Wir haben dort sehr oft als Familie sonntags zusammen leckeren Erdbeerkuchen mit viel Sahne gegessen und Kaffee getrunken. Ich natürlich keinen Kaffee, wäre ja unverantwortlich gewesen. Die Erdbeeren waren natürlich nicht aus der Dose oder teuer gekauft. Nein, sie waren liebevoll angepflanzt, gepflegt, geerntet und verspeist. Und ich finde, das hat den Geschmack ausgemacht und auch das Gefühl, was mir im jetzt immer wieder hochkommt und ganz stark fehlt.

Der späte Frühling bzw. Sommeranfang war für mich immer die geilste Zeit im Gartenjahr (verzeiht den Ausdruck) Das erste Obst war soweit, dass man es essen konnte und das wurde auch gnadenlos getan, Erdbeeren, Kirschen, Himbeeren. Ganz egal, es war so lecker und hatte auch oftmals seine Wirkung nicht verfehlt. Als ich größer war, war ich oftmals alleine in der Gartenanlage unterwegs, um zu schauen was die Nachbarn so machten. Damals ging das noch ohne Angst um die Kinder zu haben. Man kannte sich und wusste wer zu wem gehört. Eigentlich ist das Wort Gartenanlage falsch, es hätte damals Gartengemeinschaft heißen sollen. Im Sommer gab es in der Gartenanlage Feste und das war was. Es gab Bratwurst, Bier, Livemusik und ein Karussell. Eigentlich nichts Besonderes, aber für uns Kinder das Größte. Die Gärten wurden alle schöngemacht und jeder war stolz auf sein Werk. Und im Herbst brachte uns der Bauer oftmals Pferdemist für die Beete.

Ich kann mich noch an eine Begebenheit mit meiner Oma erinnern. Sie ist vom Baum gefallen, außer blaue Flecken ist nichts passiert, aber der kleine Micha ist voller Panik durch die Gartenanlage gelaufen und hat total verängstigt nach Hilfe gesucht und auch gefunden. Und weil mir nichts Besseres eingefallen ist, fragte ich Oma: "Wer macht mir denn jetzt mein Essen?" Aber wie die Geschichte es uns lehrt, bin ich erstens nicht verhungert und habe zweitens selbst kochen gelernt.

Meine Oma hat mir sehr oft gezeigt, und auch vorgelebt was Respekt gegenüber anderen Menschen heißt. Ich habe noch gelernt, dass man Leute, ob ich sie kenne oder nicht auf der Straße grüße. Oder die Tür aufhalte und in der Straßenbahn für ältere Menschen Platz freimache. Einfache Dinge, die mich mein Leben lang begleiten, aber in der heutigen Zeit verloren gehen zu scheinen.

Wenn ich in den Ferien bei Oma war, hatten wir unseren Tagesablauf. Kaufhalle, Arzt, Friedhof...

Nein, nicht was ihr denkt. Nach dem Frühstück gingen wir in die Kaufhalle, um für das Mittagessen einzukaufen. Sie kochte oft Eintöpfe. Schmeckt ja auch lecker, wenn man den stehen lässt und dann nochmal aufwärmt. Oftmals haben wir das Mittagessen in den Garten verlegt. Dort traf man sich gerne mit Gartennachbarinnen. Frau Geise und Frau Wilke, beides ältere Damen, dort war ich auch sehr gerne.

Nach dem Einkaufen gingen wir oftmals zum Arzt und die Apotheke. Leider brauchen auch **Superhelden** Hilfe von anderen ***Stellen.***

Entweder führte uns unser Weg nach Hause, wo eben das Mittagessen zubereitet wurde oder vorher noch auf den Friedhof Opa besuchen. Ich verstand damals den Sinn davon noch nicht. Heute bin ich etwas schlauer. Als Kind waren das nur Steine mit Buchstaben und Zahlen und Blumen davor. In der Zwischenzeit finde ich Friedhöfe sehr spannend. Nein, es hat mich nicht zum Satanismus oder in die Arme dunkler Mächte getrieben. Aber ein Friedhof lässt doch sehr viel Raum für Fantasien. „Hatte Hr. Müller ein glückliches Leben? Und hoffentlich hatte er einen schönen Tod. Und das Ehepaar im Nachbargrab. Sind sie wirklich im Himmel wieder vereint." Wie du siehst, kann ein Friedhof auch etwas Schönes sein. Er kann die Gedanken beflügeln und vor allem kann er etwas Ruhe in unser viel zu hektisches Leben bringen. Zumindest für einen kurzen Augenblick.

Was bei Oma immer viel Spaß gemacht hat, war Burg bauen. Eine Decke, ein paar Stühle und Sofakissen und alles war gut. Es brauchte nicht viel, um glücklich zu sein. Zumindest als Kind, im Erwachsenenalter sieht das schon wieder ganz anders aus. So glauben wir es zumindest. Das Haus, das tolle Auto, den miesen Job und das Geld was uns vermeintlich glücklich macht. Eigentlich alles Dinge, die uns Arbeit machen und unter Umständen sehr schnell vergänglich sind. Das waren und sind auch für mich wichtige Dinge. Das Leben hat mir aber auch schon gezeigt, dass es eben vergängliche Dinge sind.

In der Zwischenzeit habe ich Dinge gefunden, die mich genauso glücklich machen. Tiere in der Natur beobachten. Insekten finde ich da ganz spannend, so klein und doch so wichtig. Oder Bäume umarmen und ganz tief in den Baum hineinspüren. Barfuß laufen und sich erden. Wie fühlt sich der Weg,

Waldboden oder die Wiese unter meinen Füßen an. Dadurch, dass wir den ganzen Tag Schuhe tragen, fehlt uns etwas diese Erfahrung und ich mache das Laufen ohne Schuhe so oft es geht. Ist auch gut für das Gestell (grins).

Also in diesem Sinne:

Der nackte Fuß ist die perfekte Verbindung zwischen uns und einem Stück Glück. Und mehr wollen wir ja alle nicht....

4. Kümmere dich um dich....!?

Was ist Glück? Glück ist laut Definition die Erfüllung von Wünschen und Streben. Und genau da wird es schwierig. Um seine Wünsche und Ziele erfüllen zu können, muss man sie kennen. Ich glaube nicht, dass das erreichen das Problem ist, sondern eher das genaue „*Was möchte ich?*".

Noch eins vorneweg, ich versuche Worte wie „müssen, wollen und sollen" zu vermeiden. Sie lösen in mir einen Zwang aus, etwas zu tun, was mir jemand diktiert. Etwas unverständlich? Hier ein Beispiel. Mein Chef sagt: „Ich möchte, dass Sie morgen 7 Uhr auf Arbeit sind, weil Sie dann das Projekt X erledigen müssen." Alleine diese Anweisung enthält sogar 2 Zwänge. Der erste Zwang für ist die Erfüllung eines Wunsches, also den meines Chefs. Der zweite ist eine klar definierte Aufgabe. In dem Fall das Projekt. Verzeiht, wenn das jetzt etwas verwirrend ist, mir ist gerade kein anderes Beispiel eingefallen, ohne jemanden persönlich anzugreifen oder zu verletzen. Dieses kleine Beispiel zeigt mir mit 2 kleinen Worten, wen ich glücklich mache. Und nun ratet mal, wer das ist. Genau nicht mich, sondern meinen Chef. Solche oder ähnliche Sätze, oder in der modernen Welt über Email und WhatsApp, hören wir täglich hundertfach. Bewusst oder unbewusst und ohne dass es auffällt, kann es dich verändern.

Mich stresst es sehr und zeigt mir manchmal Seiten an mir, die ich nicht möchte. Auch im Privaten hören wir so etwas. „Schatz wir müssen die Küche streichen."

Auf der einen Seite sind solche, ich nenne sie mal „Zwangswörter", ganz gut. Keine Ahnung, ob dieses Wort meiner Fantasie entsprungen ist, oder es in der Wissenschaft so etwas gibt. Das ist mir an dieser Stelle egal, ist ja mein Buch. Ätsch!

Die gute Seite daran ist, mir wird eine Entscheidung abgenommen. In unserem Beispiel mit dem Chef, muss ich nicht überlegen wann ich auf Arbeit sein soll.

Und auch nicht was meine Aufgabe ist. Mir ist schon vollkommen klar, dass ein Zusammenleben nur mit Regeln funktioniert. Aber wie heißt es so schön: „Der Ton macht die Musik". Wenn wir aber alle anfangen ein wenig die Tonart und dass das Tempo zu verändern, könnte ja eventuell ein noch viel schöneres und wohl klingenderes Meisterwerk herauskommen. Es müsste nur mal versucht werden, denn es ist oftmals nicht sehr schwer. Und kostet noch nicht mal Geld. Ok, das stimmt nicht ganz. Geld kostet es schon, zumindest im Wirtschaftsleben. Ich behaupte mal ganz frech, dass „zuhören" der Schlüssel für ganz viele Probleme sein kann. Dies setzt aber zwei grundlegende Dinge voraus: Erstens Zeit nehmen für mein Gegenüber. Und zweitens, ihn mit allen seinen Fehlern und Eigenschaften respektieren.

In meinen ganzen Berufsleben habe ich noch nie in einem Unternehmen gearbeitet, in der ein Chef diese beiden Dinge besaß und auch ausübt. Das ist zwar äußerst schade, aber nicht änderbar. Das ist wahrscheinlich auch ein Puzzleteil, das mich zu dem macht was ich bin. Ich hatte auch mal eine leitende Position und habe versucht, „ein menschlicher Chef" zu sein. Das kostet Kraft, Zeit und Geduld. Aber liebe Unternehmer, ein kleiner Rat von mir: **Es lohnt sich für euch!**

Ihr lieben Leseratten, verzeiht mir, dass ich eventuell etwas weit aushole. Aber Redefluss sollte man nicht stoppen, außerdem ist mir das echt wichtig euch zu erzählen.

Dass mit dem Glück und dem sich etwas Gutes tun, bestimmt jeder für sich allein. Ich dachte früher immer, viel Geld brauche ich. Ein teures Auto oder teure Klamotten sind auch nicht zu verachten. Prinzipiell schon ganz gut. Die Sache hat nur einen Haken. Sie sind materiell und damit vergänglich. Aus eigener Erfahrung weiß ich, dass es zu erreichen viel leichter ist wie das verlieren. Ich hatte früher einen gut bezahlten Job, ein Haus und „Freunde". Hat mich das glücklich gemacht? Nein, weil ich ständig für andere da war. Ich war ohne es zu merken nur ein Schokoladen-Weihnachtsmann. Um es mal bildlich zu sagen. Außen eine wunderschöne Verpackung. Wenn man die bunte glitzernde Alufolie entfernt ist die Form und so zwar noch zu erkennen und hat auch eine gewisse Schönheit, aber eben schon etwas weniger. Das Innere ist dann eben nicht mehr schön. Da ist im Grunde ein leerer dunkler Raum. So gar nicht mehr schön und glitzernd. Keine eigenen Wünsche, das eigene Ich hintenangestellt. Die Leere war am Ende so groß, das sich nur noch eine Frage in meinem Kopf drehte: „Wie komme ich aus all dem heraus."

Eine Entscheidung im Leben und deine Frage ist beantwortet. Plötzlich ist dein Haus nicht mehr deins. Deine Frau zeigt Seiten, die du noch nie erlebt hast. Und deine Kinder kommen, wenn überhaupt noch zweimal im Monat zu dir. Von „Freunden" reden wir mal lieber nicht, die sind wie nach einer riesen Explosion pulverisiert. Nicht mehr da und das, obwohl du dein letztes Hemd gegeben hättest. Und wie alle materiellen Dinge, sind sie über Nacht verschwunden nicht mehr da. Die Gründe und Auslöser für die Trennung möchte ich lieber für mich behalten, da sich eventuell bekannte Personen verletzt fühlen und das möchte ich nicht. Danke für das Verständnis.

Für mich lief damals die Trennung in drei Phasen ab.

Phase eins: Ich habe Haustürschlüssel auf den Küchentisch gelegt, meine Kinder unter Tränen in den Arm genommen. Ich sagte Ihnen, sie sind nicht daran schuld und dass ich sie liebe. Ich habe die Tür hinter mir zugezogen. Meine Habseligkeiten waren in meiner neuen Unterkunft. Viel war es nicht, da selbstlos wie ich bin, der Großteil des Hausstandes da blieb. Ich wollte ja niemanden etwas wegnehmen. Was totaler Blödsinn ist, habe ich ja auch mit bezahlt. Aber egal, die Tür war zu und es gab auch kein Zurück mehr.

Das Gefühl war unbezahlbar. Ich fühlte mich unendlich frei. So als wenn mir jemand das Wagengeschirr von meinen Schultern nahm und ich ohne Last aufrecht stehen konnte. Es hört sich eventuell komisch an, aber in diesem Moment roch die Welt ganz anders. Die Vögel sangen schöner und die Sonne schien nur für mich. Das Gefühl war in dem Moment so schön, so intensiv. Keiner sagte mir, was ich zu tun oder lassen hatte. Ich hatte mir natürlich schon im Vorfeld Gedanken gemacht wie die neue Freiheit aussehen könnte. Was wirst du machen und mit wem? Welche Orte wirst du besuchen? Ich habe mir das Singleleben in den schönsten Farben ausgemalt. Partys, Alkohol und Frauen. Nein, soweit ging meine Fantasie dann doch nicht. Es waren eher so nüchterne Dinge wie, wie lange werde ich am Wochenende schlafen. Oder wie weit komme ich in einem Computerspiel. Alles so kleine Dinge, die eben bisher nicht möglich waren. Da war ja immer das Familienoberhaupt, welches sagte was ich darf und eben was nicht. Oder besser gesagt, was ich machen muss.

Dann kam **Phase zwei. Die Leere und Wut.** Schon wieder Leere. Die Fantasien haben sich natürlich nicht erfüllt. Da war eine Kraft, die jeden von uns früher oder später auf den Boden zurück holt. Genau: Die Realität. Plötzlich durfte ich die Dinge alleine regeln und Probleme selbst lösen. Und da holte mich meine Vergangenheit zum ersten Mal wieder ein. Viele Dinge waren eben nicht geregelt. Wie denn auch, wenn man sich lieber um andere statt um sich selbst kümmert. Und jetzt kamen eben noch neue Probleme hinzu. Und in jahrelang antrainierter Manier wurde eben alles verdrängt. Ich kannte es ja nicht anders. Infolgedessen kamen irgendwann die Angst, die Fehlentscheidungen, die Wut und die Resignation zu Besuch und die sind lange da geblieben. Dieser Besuch schaffte es, das ich nicht mal mehr weinen konnte. Eine kleine Anmerkung am Rande. In der Zwischenzeit sehe ich Probleme nicht mehr als solche. Ich sehe sie eher als Chance etwas zu verändern und mit Steinen kann man wunderschöne Häuser bauen.

Phase 3: Der Neubeginn. Sie begann ganz banal und war am Ende der lang ersehnte Regen. Wenn du so leer bist, dass man nicht mal mehr weinen kann, ist das nicht nur schlimm, sondern macht krank. Und übrigens die Aussagen „Männer weinen nicht" ist der größte geistige Unfug überhaupt. Ups, ich wiederhole mich, habe ich ja schon mal erwähnt. Aber egal, Wiederholungen stärken. Ich glaube allein dieser Satz hat tausende Männer in den Tod getrieben. Weinen ist eben genauso ein Gefühlsausdruck wie schreien, lachen und glücklich sein. Ich hatte zur damaligen Zeit so eine Blockade im Kopf, dass eben keine Träne floss. Nichts half, auch keine Bilder von schönen Zeiten. Totale Zeitverschwendung. Filme schauen. Fehlanzeige. Noch nicht einmal Musik hören hat geholfen. Ich glaube, je mehr ich mir die Tränen wünschte, um sehr mehr versiegten sie.

War es Zufall, Schicksal oder Fügung? Egal was es war. Ich saß mal wieder mit Bildern von meinen Kindern in den Händen und Kopfhörern auf den Ohren auf dem Sofa. Aber irgendetwas war anders als sonst. Das spürte sogar mein Kater. Ich hatte die Musik laut und wollte nichts von der Welt wissen. Tom, mein kleiner Kater, legte sich auf meinen Schoß, kuschelte sich an mich und schnurrte. Das hört, und spürt man vor allem auch bei lauter Musik. Und da passiere es. Erst eine kleine, dann eine zweite Träne. Am Ende war es eine gefühlte halbe Stunde. Ja, ich habe geweint und das war ein so starkes Gefühl der Befreiung. Diese Tränen sollten Abschied und gleichzeitig ein Neubeginn sein. Ich muss dazu sagen, ich hatte zu diesem Zeitpunkt meine Kinder bestimmt 2 Monate nicht gesehen.

Noch am selben Tag habe ich angefangen das Leben an die Hand zunehmen und es neu zu ordnen. Erst das Wohnzimmer umgeräumt, die Tasche mit ungeöffneter Post ausgeräumt und versucht sie in Ordner abzulegen. Und ganz wichtig. Die Gedanken auf „nach vorne" ausgerichtet. Die Phase 3 ist leider die schwerste und langwierigste. Sie hält bis heute an. Mal läuft es gut, mal läuft es schlecht. Nur gibt es jetzt einen

entscheidenden Unterschied zu früher.
Ich lasse mir helfen, warte nicht mehr
bis das Kind in den Brunnen gefallen ist.
Meistens zumindest. Es gibt leider
immer noch Dinge, die ich vor mir her
schiebe. Daran wird aber gearbeitet.

Was wollte ich eigentlich sagen, ach ja,
„kümmere dich um dich." Das ist
verdammt nochmal gar nicht so einfach.

Ich springe jetzt in der Zeit mal etwas
weiter, damit ihr nicht fragend dasitzt
und denkt, wo ist der Zusammenhang.
Obwohl es glaube ich, ganz lustig wäre
Menschen zu verwirren. (grins) Aber
nicht jetzt, später mal bei einem Kaffee
und Kuchen.

Wenn ich beispielsweise die Küche
aufräume kümmere ich mich um mich.
Den nur in einem aufgeräumten Haus
kann ein gesunder Geist leben. Lecker
kochen ist auch so ein Punkt. Am
meisten kümmere ich mich um mich in
meinem Garten. Das ist zwar auch sehr
viel Arbeit, aber ganz viel Entspannung.
Ich habe jetzt die Tage erst gehört,
wenn man mit seinen Händen in der

Erde buddelt setzt es Hormone frei, welche Depressionen vorbeugen können. Und wenn das stimmt. Was kann es Besseres geben. Therapie im doppelten Sinne. Wenn ich so darüber nachdenke, fallen mir ganz viele Dinge ein, die sich **um mich kümmern, damit es mir gut geht.** Das Schreiben meines Buches ist ganz viel Arbeit und strengt echt an, aber es lohnt sich. Es ist auch ein „sich kümmern".

Ich entschuldige mich schon mal und sage ganz lieben Dank, dass ihr das doch eher lange Kapitel gelesen habt. Ich hätte noch viel mehr schreiben können. Das würde aber wahrscheinlich den Rahmen sprengen und man braucht ja auch noch Ideen für den zweiten Teil (breites Grinsen im Gesicht).

5. Alles zu Ende….?

Ich habe mir nie großartig Gedanken über den Tod und schon gar nicht über Glauben gemacht. Ich meine, warum auch? Ich bin jung und mir gehört die Welt. Diese Einstellung sollte sich bald ändern.

Ich weiß nicht mehr genau, wann es war. Ein Bekannter von mir, 33 Jahre alt, stand mitten im Leben. Jörg war verheiratet und hatte einen kleinen Sohn. Mit seiner Frau hatte er in Augsburg ein Mehrfamilienhaus gekauft, in dem seine Eltern und noch ein paar andere Mieter wohnten. Er war glücklich und gesund. Er arbeitete in einer bekannten Augsburger Brauerei und hatte gerade seinen LKW-Führerschein erworben. Er war so stolz auf sich. Alles schien perfekt - glaubten wir zumindest.

Das Leben hat schon einen harten Schlag.

Weil er ständig über Kopfschmerzen klagte, ging er dann doch irgendwann zum Arzt. Männer benötigen normalerweise ja keinen. Was von alleine kommt, geht auch alleine. Es gibt da nur eine Ausnahme. Das ist die **Influenzia-männerus-krankus** oder auch Männergrippe. Die noch recht unerforschte Krankheit geht nicht alleine. Verzeihung, ich komme vom Thema ab. Als er von seinem Arzt die Diagnose bekam, war das für uns alle ein Schock. Und für seine Familie eine Katastrophe. **TUMOR am STAMMHIRN**, inoperabel. Sein Arzt sagte ihm damals, wenn Sie wegen dem Tumor umfallen bleiben ihnen 24 Stunden.

Mit 33 Jahren doch noch nicht. Wie ungerecht kann das Leben bitteschön sein? Warum er und nicht ein Elternteil von ihm? Es wäre zwar nicht weniger schlimm. Nur er hat noch sein ganzes Leben vor sich. Zum damaligen Zeitpunkt dachte ich mir „was ist Gott für ein Arsch." Heute weiß ich, alles hat einen Sinn im Leben. Mit Chemotherapie und Medikamenten wurde der Tumor gestoppt. Der Preis dafür war aber sehr hoch. Der körperliche Zustand wurde immer schlimmer. Wie es seiner Familie zu dem Zeitpunkt wirklich ging, habe ich nur oberflächlich mitbekommen. Irgendwann rief Conny bei uns an und sagte Jörg sei im Krankenhaus. Leider sollte der Arzt mit seinen 24 Stunden recht behalten.

Das zweite aus heutiger Sicht einschneidende Erlebnis war der Schlaganfall meiner damaligen Schwiegermutter. Sie war für mich immer eine starke Frau. Hatte 6 Kinder, den Haushalt und ihre Arbeit. 5 Kinder waren schon groß und hatten selbst schon Kinder. Aber sie schaffte es immer, alles und alle unter einen Hut zu bringen.

Eines Sommers, sie machte mal wieder Diät, klagte sie über ständige Kopfschmerzen. Gut, es hat sich keiner weiter Gedanken darübergemacht. Man neigt ja dann oft zu der Frage: „Hast du genug getrunken?". Wir alle waren halt so, man will ja auch nichts Schlechtes denken. Eines Morgens klingelte unser Telefon. Schwiegervater war dran:

„Kommt schnell vorbei, Mutter ist gestürzt". Wir, sofort angezogen und ins Auto. Als wir bei ihr angekommen sind, haben wir schon gesehen, was los ist. Schwiegervater wusste sich nicht anders zu helfen und hat sie ins Bett gelegt. Wir haben sofort den Notarzt gerufen. Der bestätigte unseren Verdacht: **Schlaganfall!**

Als wir sie dann im Krankenhaus besuchten, habe ich sie nicht mehr erkannt. Diese so starke Frau, plötzlich so schwach und hilflos wie ein kleines Baby. Das Leben hat wieder gnadenlos zugeschlagen. Innerhalb von Sekunden war nichts mehr wie es war.

Sie kam dann auf Reha, wo wir sie auch oft besuchten. Dort lernte sie wieder laufen, sprechen und andere Dinge. Es ging ihr von Mal zu Mal besser. Zum Glück war sie Linkshänderin und der Schlaganfall ist meistens auf der rechten Gehirnhälfte. Soviel ich weiß, sind bei Linkshändern die Gehirnhälften im Vergleich zu einem Rechtshänder vertauscht. Aber ich bin kein Hirnforscher und möchte mich darum auch nicht festlegen. Sollte sich jemand damit genauer auskennen, lasse ich mich gerne aufklären. Jedenfalls hat sie irgendwann die Reha aus familiären Gründen abgebrochen. Die genaueren Umstände kenne ich nicht und Spekulationen bringen auch nichts. Ich weiß nur, dass sie geistig auf dem Stand einer 7-jährigen war.

Auf Grund meiner Scheidung und dem fehlenden Kontakt habe ich nach Jahren erfahren, dass sie gestorben ist. Anfangs war ich echt sauer. Ich hätte sie gerne auf dem letzten Weg begleitet. Aber die Tür war eben zu und da gehört so etwas auch dazu. Die emotionalste und langanhaltendste Phase des Verlierens sollte noch auf mich warten.

Ich möchte mich schon einmal im Vorfeld bei einigen Menschen entschuldigen. Entschuldigen dafür, dass ich emotional etwas kühler geworden bin. Entschuldigen dafür, dass Erinnerungen aus meinem Gedächtnis gelöscht worden sind. Oder die zumindest in einer Truhe liegen, zu der mir der Schlüssel fehlt. Einige Erinnerungen kommen zwar durch Bilder zurück, sind aber komplett emotionslos. Es könnten genauso Fotos meiner Nachbarn sein. Wie sagt meine liebe Therapeutin immer „**Es ist manchmal besser diese Schubladen nicht zu öffnen. Es können Antworten auftauchen, dessen Fragen man lieber nicht gestellt hätte**".

In meinem Leben gab es schon viele schlimme und dramatische Erlebnisse. Die Bypass-Operation meines Papas war so eine. Da hatte ich richtig Angst um ihn. Es ist aber alles gut gegangen. Danke ihr Lieben da oben fürs Aufpassen. Das war aber noch nicht so schlimm und endgültig wie das, was über mich hereinbrechen sollte.

Zum besseren Verständnis muss ich ein wenig ausholen. Ich habe bis etwa 2002 mit einer Unterbrechung bei meinen Eltern gelebt. Meine Oma lebte damals auch mit in unserem Haus. Wir sind irgendwann aus meiner Heimatstadt weggezogen. Meine Eltern hatten sich das so in den Kopf gesetzt. Das Dorf, in das wir gezogen sind, war so öde. Es gab dort einen Bäcker, eine Kirche und eine Gaststätte. Ich fühlte mich überhaupt nicht wohl. Es gab einfach nichts was mich dort heimisch werden lassen sollte. Einfach ein beschissenes Gefühl.

2001 lernte ich meine damalige Frau kennen. Ich war in meiner alten Heimat und habe bei Freunden übernachtet. Ich habe sie damals über das Internet kennengelernt. Wie haben geschrieben und uns irgendwann getroffen und kennengelernt.

Ich wollte eigentlich eine eigene Wohnung haben, aber es gab ja einen einfacheren Weg. Also sind wir dann ziemlich bald zusammengezogen, weil sie es für eine bessere Idee gehalten hat.

Wir haben aber immer regelmäßig meine Eltern und meine Superheldin besucht.

Ich war irgendwie glücklich und zufrieden mit meinem Leben. Gut, aus heutiger Sicht sehe ich das etwas anders. Aber das erzähle ich euch ein anderes Mal. Ich sollte eine Nachricht erhalten, dagegen ist ein Hurrikan ein laues Sommerlüftchen.

„Micha, wenn du kannst, komm bitte zu uns. Oma ist die Treppe heruntergefallen und liegt jetzt im Krankenhaus. Ich glaube, du solltest dich verabschieden." Ich hörte die Worte, aber mein Kopf konnte sie nicht verstehen. Ich fühlte mich wie in einem Film. Mein Hirn arbeitete wie in Zeitlupe, während das um mich herum im Zeitraffer vorbeizog. Alles drehte sich und ich stand im Auge des Sturms. „Ja Mama, ich bin auf dem Weg." Auf Arbeit habe ich mich krankgemeldet oder Urlaub genommen, ich weiß es nicht mehr genau. Ist ja auch nicht so wichtig.

Dieser Besuch sollte der bisher schwerste meines Lebens werden. Ich habe die Strecke, etwa 250 km mit gemischten Gefühlen und aufgelöst irgendwie hinter mich gebracht. Ich habe ewig lange gebraucht, um den Mut aufzubringen, das Zimmer im Krankenhaus zu betreten. Es ging ja um nichts Geringeres wie den Ruhepunkt meines Lebens.

Als ich meine Oma so im Krankenbett liegen sah, so schwach und vom Sturz gezeichnet musste ich mit den Tränen kämpfen. Den Kloß im Hals spüre ich heute noch bei dem Gedanken daran. Es war ein total komisches Gefühl meine Superheldin wie ein gefallener Engel im Bett liegen zu sehen. Ich meine, sie brauchte schon ihre Medizin, aber ich habe niemals danach gefragt warum sie die nahm. Für mich war das ganz normal und als Kind kann man mit solchen Informationen nicht viel anfangen. Aber sie da jetzt so zu sehen war eine ganz andere Hausnummer. Der Besuch dauerte etwa eine Stunde und ich verabschiedete mich wie immer. Ich habe Oma liebevoll in die Arme genommen und ihr gesagt, dass ich sie sehr lieb habe und dass sie bald wieder gesund werden soll. Sie gab mir einen Kuss und sagte **„Mach mir keine Sorgen und alles wird gut."** Dieser eine Satz sollte mich unbewusst noch sehr, sehr lange begleiten.

Ich machte mir schon meine Gedanken, aber die waren so in Richtung: Hoffentlich geht es ihr bald wieder besser. Und: Wann kommt sie wieder nach Hause? Mir wäre es ja niemals in den Sinn gekommen, dass es unsere letzte Umarmung war, der letzte Kuss und die letzten Worte. Ich sagte damals zu meiner Frau *„**Wenn Oma nicht mehr ist, wird mein Leben nicht mehr dasselbe sein.**"* Der Tragweite und Weitsicht dieser Aussage war ich mir nicht bewusst.

Ein paar Tage später klingelte das Telefon. Meine Mama war dran. „Oma ist gestorben." Ich kann nicht sagen, ob sie mir noch etwas erzählt oder gefragt hat. Dieser Satz brachte einen Stein ins Rollen, der bis heute noch nicht zum Stillstand gekommen ist. In manchen Filmen lassen die Leute den Telefonhörer fallen, wenn sie solche Nachrichten erhalten und die Kamera kreist für noch mehr Dramatik um sie herum. Nur das war kein Film, das war real und so knallhart. Und ob ich wollte oder nicht, ein Teil meines Lebens, meiner Geschichte war plötzlich weg. Unwiederbringlich entrissen. Es beschäftigt mich bis heute und wahrscheinlich noch bis ans Ende meiner Zeit.

Am Anfang wollte ich das einfach nicht akzeptieren. Das Unaufhaltbare aufhalten. Beim Nachdenken darüber fühlt es sich an, als wenn man einen Waldbrand im Amazonas mit einem Fingerhut löscht. Machbar, aber aussichtslos. Ich weiß nicht mal, wann der genaue Todestag ist. Geschweige wo das Grab ist. Ich weiß, sie hat keins und das tut verdammt nochmal so weh. Ich finde ein Grab bringt zwar den geliebten Menschen auch nicht wieder, aber es macht den Abschied viel leichter. Ich musste im Rahmen meiner Therapie feststellen, dass mir ganz viele Erinnerungen die vor ihrem Tod geschehen sind nicht mehr da sind. Wie schon erwähnt, in einer Truhe, zu der ich keinen Zugang habe. Empfindungen, Erlebnisse oder besuchte Orte. Weg! Nix mehr da! Ich glaube, so fühlt sich ein Patient mit der Alzheimer-Krankheit. Nur dass ich nicht krank bin und das macht mich eben richtig fertig und traurig. Ich habe schon über Hypnose nachgedacht, um die Erinnerungen zurück zu holen. Meine Therapeutin sagt, ich solle es lieber nicht machen. Denn man weiß nie, welche Schublade man öffnet und was darin liegt.

Jetzt könnte der Klugscheißer ja sagen, woher ich dann aus der Vergangenheit erzählen kann. Das Schlüsselwort heißt Foto. Aber nicht Handybilder, sondern solche die man in die Hand nimmt, die man spürt und auch riechen kann. Solche, die der Fotograf noch mit handwerklichen Geschick hergestellt hat.

Der Tod ist nun schon ein paar Jahre her und wir haben leider nie als Familie gemeinsam Abschied nehmen können und getrauert. Ich glaube, das hätte **Oma Marianne** nicht gewollt. Trotzdem lebt sie in mir weiter und es vergeht kein Tag, an dem ich nicht an sie denken muss. Das Leben in unseren Familien ging einfach weiter, als wenn nichts gewesen wäre. Ich selbst habe keine Trauer zugelassen. Ich musste weiterhin stark und für andere da sein. Im Nachgang war das, glaube ich, der größte Fehler meines Lebens. Und von meinen „Freunden" ein total unfaires Verhalten, und das „Wir-nutzen-Micha-aus-Programm" ging einfach weiter.

Aber ich weiß ja wie und was ich machen muss, damit ich damit etwas besser umgehen kann. Für Außenstehende mag es seltsam erscheinen, wenn ich im LKW sitze und mit Oma rede. Mir hilft es ganz oft. Ich rede mit ihr, als würde sie neben mir sitzen, nur dass sie es nicht tut. Aber ich weiß, sie und meine restlichen Verwandten passen auf mich auf. Jeden Tag, auch wenn ich mich viel zu wenig dafür bedanke. Sie verzeihen es mir ja auch und geben mir die Chance, aus jedem Tag das Beste zu machen.

All diese Erlebnisse und Ereignisse brachten mich dahin, wo ich jetzt bin. Und wenn ich es mir so richtig überlege ist der Burnout und all die Begleiterscheinungen auch nur eine Fügung des Schicksals. Da hat irgendjemand gesagt: „Stopp und nicht weiter". Zum Glück zur richtigen Zeit. Die Auszeit von Job und allem „müssen" hat mir die Möglichkeit gegeben, das volle Regenfass langsam zu leeren um Platz für neue kreative und gute Ideen zu machen. Zumindest sind die Gedanken, die mich kaputt machen und aufhalten, viel weniger geworden. Und wenn der Kopf eben weniger schlechte Gedanken beinhaltet, haben die guten viel mehr Raum zum Wachsen.

Und von den guten Gedanken gibt es ganz viele. Glaube ist so einer, ich bin nicht in der Kirche oder so. Ich sage immer, Glaube braucht kein Haus, ein klarer Kopf reicht aus. Weil ich finde, wenn man Glaube nur in einer Kirche oder Tempel auslebt ist das räumlich ziemlich eingeschränkt und nicht sehr gut. Woran ich allerdings glaube, dass unsere verstorbenen Ahnen irgendwo sitzen und auf uns aufpassen. Ich denke mir auch, dass unsere Schöpfer sonntags an einem schön gedeckten Tisch sitzen und beim Frühstück über die Menschen reden. Wer kommt auf die Welt, wie wird sein Leben verlaufen und wann wird er von uns gehen. Und das schreiben sie in einem Buch auf. Und dabei ist es egal welche Religion. Klar, das ist weit hergeholt, aber wer weiß. Unsere Ahnen helfen uns auf die eine oder andere Art das wir gut durch das Leben kommen. Anders kann ich mir sowas wie Schicksal oder Fügung nicht erklären. Ich habe begonnen, mich mit dem Buddhismus zu beschäftigen. Ein

Leben im Einklang und Harmonie unter den Menschen und der Natur erachte ich als einzige Überlebenschance für die Menschheit. Nur weil wir laut Wissenschaft das am weitesten entwickelte Gehirn im Tierreich haben, heißt das nicht das wir auch die Schlausten sind. Ich glaube, wir Menschen sind die einzige Lebewesen die sich und alles andere vernichten können. Das Schlimme ist, wir haben das Wissen was wir tun und ändern es nicht. Das betrifft uns alle und jeder kann etwas tun. Leider denken nur wenige so und noch weniger handeln.

Im Buddhismus wird gelehrt, dass alles mit allem verbunden ist und dass alles im Fluss ist. Jetzt könnte man natürlich sagen, Wiedergeburt ist Blödsinn. Kann man, nur wer sagt denn, dass es nicht möglich ist. Es kann halt nur keiner darüber berichten. Wenn man bedenkt, dass jeder eine Eigenschaft seiner Vorfahren in sich trägt, muss da schon etwas dran sein. Aber das mit dem Glauben ist ja wie mit dem Geschmack, jeder hat seinen eigenen. Und wenn ich an etwas glaube was mir guttut und niemanden schadet, dann ist das vollkommen in Ordnung.

Wenn ich so mein bisheriges Leben und das was mich interessiert zusammenfasse, komme ich auf eine Frage mit der ich, glaube ich, viel Unruhe und Verwirrung stiften kann. Eine ganz einfache Frage, aber doch so aufwühlend: **„Wem gehört die Welt?"**

Auch gerade verwirrt geschaut? Gut so, denn ich finde es nicht für selbstverständlich wie wir mit ihr umgehen. So wie bisher geht es nicht weiter. Wir haben ein wunderschönes Zuhause mit vielen tollen Sachen. Nur leider sehen wir sie nicht mehr. Wie auch in unserer schnelllebigen Zeit. Wir laufen einfach daran vorbei und wenn wir es nicht beherrschen können wird es vernichtet. Egal ob Tiere, Natur oder Menschen. Ich möchte das nicht mehr, ich bin nur zu Besuch und möchte das Gasthaus so sauber wie möglich verlassen. Jetzt könnten wir stundenlang darüber diskutieren, aber ich fände es schöner wenn sich jeder mal Gedanken macht und über diese Frage nachdenkt. Wenn das

Nachdenken schon etwas verändert, was passiert erst, wenn man diese Gedanken umsetzt. Dies bringt mich wieder zum Buddhismus, der Wiedergeburt zurück. Denn bedenke, den Müll, den du heute achtlos in die Natur wirfst, könnte in deinem nächsten Leben in deinem Vorgarten liegen.

So, ich werde mal langsam zum Ende kommen, zumindest für dieses Kapitel. Ich glaube, es ist etwas emotional und ausführlich geworden. Ich muss auch sagen, es war das bisher schwerste und anstrengendste das ich geschrieben habe. Ich befürchte, dass es eben ein zentraler Teil meines Lebens ist, war und immer sein wird. Aber der Tod ist nun mal ein trauriges und ernstes Thema, aber ohne Tod kein Leben. Und ohne Leben keinen Tod. Nichts ist unendlich oder für immer. Selbst der höchste Berg ist irgendwann einmal nicht mehr in seiner Ursprungsform da. Auch er zerfällt zu Staub. Und ist somit wieder Ausgangspunkt für viele neue schöne Dinge.

Einen Wunsch hätte ich noch. Lasst uns wieder anfangen die kleinen

Dinge zu sehen und mit ihnen zufrieden zu sein. Das wäre mehr als schön.

6. Immer auf der Suche….?!

Durch meine Therapie habe ich mir viele Gedanken gemacht. Was macht mich glücklich? Zum Teil hat meine Therapeutin mit dem Finger drauf gezeigt, zum Teil durch Ruhe und einen freien Kopf selbst darauf gekommen. „Glück" oder das „glücklich sein". Was ist das? Wie bekommt man es und wie bleibt es?

Das sind Fragen, die mich täglich umhertreiben. Ist es das große Geld, Gesundheit, Freundschaft oder gar die Familie? Alles schöne, wichtige und an sich erstrebenswerte Dinge. Nur nützen die einzeln nichts. Ich habe ja auch nicht nur ein Puzzleteil und sage, ich bin fertig. Erst wenn alle Teile vollständig sind und an dem richtigen Platz, erst dann ergibt es ein schönes Bild und einen Sinn. Und genau da liegt der Hund begraben. Welche Teile brauche ich und wo müssen sie liegen? Um das perfekte und anhaltende Glück zu finden bin ich nun seit über 40 Jahren am Suchen. Und die Suche ist noch nicht zu Ende.

Geld! Ja, so was hatte ich auch schon mal. Ich hatte einen gut bezahlten Job, war sogar in einer Führungsposition und das Gehalt stimmte. Uns ging es finanziell recht gut. Wir konnten uns bestimmte Dinge leisten. Nur was war der Preis dafür? Die Arbeitswochen waren lang und das „ich" blieb auf der Strecke, da es ja noch Haushalt, Kinder und einen Hausumbau für mich gab. Am Anfang war das alles toll und schön. Es hat auch recht gut funktioniert, nur irgendwann wich die Euphorie und die Ernüchterung kam. Ach ja, und da waren ja auch noch die „Freunde". Die uns immer gebraucht haben und für die wir unser letztes Hemd gegeben hätten. Unsere Haustür war immer offen für alles und jeden. Wie das endet, wissen wir ja auch schon. Aus heutiger Sicht sage ich mir zwar immer noch, Geld ist mir nicht wichtig, aber das ist so nicht ganz richtig. Geld braucht man, es ist nur wichtig wie man es einsetzt und wie man dazu kommt. Wenn ich meine Seele für das Geld verkaufen muss, ist es für mich nix wert. Ich muss mich selbst im Spiegel betrachten können. Und das geht eben nur mit einer

Einnahmequelle, die für mich gut und befriedigend ist.

Die Erkenntnis:

Viel Geld bedeutet nicht gleich viel Glück!

Gesundheit! Nun, damit spiele ich schon ganz schön russisch Roulette. Ob es das Rauchen oder die Ernährung ist. Es gibt Phasen da ist mir das total egal und dann kommt wieder mal die Erkenntnis: „Mensch, du müsstest mal was tun". Ich glaube, ich werde erst wirklich grundlegend etwas ändern, wenn es schon zu spät ist. Ein Arzt bekommt mich immer erst zu sehen, wenn es wirklich nicht mehr geht. Unsere Schulmedizin ist zwar gut, heilt aber nur die Symptome, nicht die wahre Ursache. Das macht dann meine liebe Heilpraktikerin. Sie hat Wege und Ideen, wie ich wieder fit werde. Ich denke mir das körperliche Beschwerden, ob jetzt Kopf-, Arm-, Bein- oder Rückenschmerzen oder andere Körperteile und Organe zwicken und schmerzen und nicht richtig funktionieren ganz viel Kopfsache ist. Damit meine ich nicht Kopfschmerzen oder so was. Nein, eher die äußeren Umstände, die uns jeden Tag umgeben ob positiv oder negativ. Wir alle werden jeden Tag bewusst oder unbewusst mit Dingen konfrontiert, die uns erfreuen oder belasten. Ich glaube, es gibt niemanden, der nur Positives erfährt. Die Frage ist nur, wie damit umgehen und was daraus machen. Das ist die große Kunst. Das schlimme daran, ich weiß es und tue mich manchmal echt schwer bei der Umsetzung. Ob es das Ansprechen von bestimmten Dingen ist, die mich stören oder das selbst wehtun. Nägel beißen und Wunden aufkratzen ist so eine Form. Das hat viele Ursachen und Gründe zum einen Unsicherheit und Angespanntheit zum anderen zu viel Nachdenken über die Dinge um mich herum.

Am Ende kommt da leider immer dasselbe Ergebnis heraus. Und nur, weil ich mich in meinem Gedankenkarussell wieder selber wahrnehmen möchte, füge ich mir manchmal unbewusst Schmerzen zu. Mich spüren als Mensch und vor allem als **Michael**. Ich lasse eben den angestauten Frust lieber an mir statt an anderen Menschen aus. Ist auch ganz gut so, denn ich bin ja für mich und mein Leben selbst verantwortlich und die Schuld bei anderen für das eigene Versagen zu suchen ist mehr als falsch. Wenn ich in meinem Kopf eine graue, düstere Welt kreiere, wird sie es auch.

Fazit: Es liegt in meiner Hand!

Familie! Ist so ziemlich das wichtigste in meinem Leben. Sie kann dich stützen oder auch fallen lassen. Ich für meinen Teil brauche sie mehr als alles andere und sie ist der größte Antrieb täglich weiter zu machen. Sie birgt aber auch das größte Stresspotential. Aber zur Familie später mehr.

Freunde! Mit dieser Personengruppe verhält es sich wie mit der Familie. Ich brauche sie, aber nur die Richtigen. Von den Falschen hatte ich schon mehr als genug. Sie kommen und gehen. Ach, halt! Dann sind es ja nur Wegbegleiter, von denen bis jetzt noch keiner länger geblieben ist. Aber ich gebe die Hoffnung nicht auf.

Also: Freunde sucht man nicht, Freunde finden sich!

Erfolg! Habe ich früher immer einer Stellung im Beruf oder an der Menge des Geldes festgemacht. Was totaler Blödsinn ist. Warum? Nun, erstens weiß ich nicht, ob der Sportwagen bezahlt ist. Zweitens, wer sagt mir, dass sie nicht gerade irgendeinen für die Position des Vizechefs gesucht haben. Geld und eine Stellung in einem bestimmten Bereich sagt ja nichts über den Menschen aus.

In meiner Heimatstadt gab es mal einen Brennstoffhändler, der hatte immer verdreckte Arbeitskleidung an. Er ist so in das nobelste Restaurant gegangen. Ihm war es egal was die Leute von ihm dachten, denn er wusste ja wo sein Erfolg herkam. Er hat es ja jeden Abend an seinen schmutzigen Händen gesehen.

Und ich persönlich finde Menschen, die durch ihre eigene harte Arbeit einen bestimmten Status erreicht haben, sehr beeindruckend. Dagegen finde ich den geschenkten Erfolg sehr unsexy. Ganz schlimm wird es, wenn sich dann jener hinstellen als wäre es sein Verdienst.

Den größten Respekt verdienen Eltern und Kinder mit Behinderungen. Ich sehe es bei meiner Partnerin. Sie ist auch körperlich eingeschränkt. Und ihre Eltern und sie haben seit dem Unglückstag jeden Tag gekämpft. Gekämpft für ein halbwegs normales Leben. Und das ist für mich der größte Erfolg und ist mehr als bewundernswert. **Ich für mich habe entschieden, Neid und Missgunst sind schlechte Berater.** Es steht ja schon in der Bibel, dass Neid eine Todsünde ist. Warum sollten wir auch neidisch auf jemanden sein? Wir kommen nackt auf diese Welt und genauso verlassen wir sie.

Ich suche meine persönlichen Erfolge eher in kleinen Dingen. Denn kleine Schritte führen dich auch zum Ziel. Dieses Buch zum Beispiel ist so ein Erfolg in kleinen Schritten. Es ist unwahrscheinlich beruhigend und erfüllt mich mit Freude, wenn wieder ein Kapitel fertig ist. Oder wenn ich mal wieder in meinem Garten gearbeitet habe. Die Fingernägel schmutzig und kaputt, aber da muss ich hin und wieder an den alten Brennstoffhändler von früher denken. Wenn ich so darüber nachdenke, habe ich schon viele Erfolge in meinem Leben gehabt, persönliche, nichts was die Welt verändert. Doch für mich das Allergrößte. Den allergrößten Erfolg in meinem Leben sind und bleiben meine beiden Kinder, auch wenn es manchmal etwas schwierig ist. Allein der Gedanke an sie macht mich stolz und ich weiß, sie gehen ihren Weg. Also, wie ihr seht, kann der persönliche Erfolg sehr vielseitig sein und er ist nicht unbedingt an materielle Dinge gebunden.

Fazit: Erfolg kann jeder haben!

Angst! Ist nur ein Gefühl, sagt man. Und wie bei allen bekannt, Gefühle lassen sie sich nicht abstellen und sollten es auch meiner Meinung nach nicht. Angst kann ganz viel sein. Die Angst vor Veränderungen oder die des Verlustes. Die Angst, Menschen aus meinem Umfeld zu verlieren, ist meine Größte. Wenn sich die gemeinsamen Wege trennen, weil es nicht mehr funktioniert ist zwar schlimm, aber wieder herstellbar. Viel schlimmer ist das Verlieren durch den Tod. Weil, da kann ich nichts mehr wiedergutmachen oder besprechen. Was auch eine große

Angst war oder immer noch ist, sind Höhen. Ich habe zum Teil Panikattacken bekommen, wenn ich irgendwo auf einer bestimmten Höhe war. Das ging manchmal soweit, dass ich die Leiter nicht mehr ohne Hilfe heruntergekommen bin. Im Moment geht es. Ist wahrscheinlich auch nur Kopfsache.

Ängste sind aber auch nur ein Zeichen des Körpers, die uns sagen sollen „Achtung Gefahr!". Ob da eine ist oder nicht, empfindet jeder Mensch anders. Sie zeigt uns unsere Grenzen auf und mit Übung und Training kann man auch diese überwinden. Klar, gewisse Ängste übersteht man nie, nur dürfen die Ängste nicht so sehr einengen, dass ich gar nichts mehr versuche oder durchlebe.

Also: Angst kann mir meine Grenzen aufzeigen, und Stärke geben diese zu überwinden!

Wenn ich meine Punkte einmal zusammenfassen darf, dann ist mein persönliches Glück eigentlich ganz einfach. Ich benötige ein Einkommen welches mich ruhig schlafen lässt. Eine Familie, die mich in meinem Tun unterstützt und ich sie auch. Freunde zum Pferde stehlen. Täglich neue Ziele, um den persönlichen Erfolg zu erreichen. Und das alles in einer für mich guten Mischung. Dann kann ich alt werden und in Gesundheit meine noch nicht geborenen Enkel aufwachsen sehen. Ich glaube ja, dass man schon die Glücksformel berechnet hat. Wenn nicht, ist es auch egal, denn es zählt in dem Fall nur das Ergebnis.

Der Ort an dem dieses Kapitel entstanden ist, ist auch so ein persönlicher Erfolg. Ich habe es im Keller geschrieben. Dort habe ich mir ein Raum eingerichtet mit Regalen, ein Sofa aus Leder und zwei bunten Bildern mit Landschaft drauf. Dies ist mein eigener Rückzugsort wo ich lernen, schreiben und lesen kann. Natürlich darf den Raum auch Nici nutzen, wenn sie mag.

Also: Leute, lasst uns persönliche Erfolge erzielen, damit die Welt etwas bunter und schöner wird.

7. Woher....?

Ich habe lange überlegt, ob ich dieses Kapitel überhaupt schreiben sollte. Nach langer Überlegung habe ich gesagt: „Ja". Es gehört schließlich auch zu mir.

Hoffentlich verletzte oder kränke ich niemanden. Wenn es doch so sein sollte, lasst uns darüber reden und wir schaffen den Ärger, die Fragen und die negativen Gefühle aus der Welt. Natürlich im Guten.

Man sagt, dass wir durch Erlebnisse, Erfahrungen und Gefühle zu dem werden, was wir sind. Mir fehlen halt die Erinnerungen an frühere Zeiten, die Dinge aus der wichtigsten Zeit meines Lebens. Also nicht, dass ich die Zeit zurückdrehen könnte oder möchte, um sie dann besser zu machen. Das möchte ich auch nicht. Nein, es geht darum, was sind die Auslöser für meine jetzigen Probleme?

Aus heutiger Sicht kann ich nicht mal genau sagen, was genau der Auslöser war. War es der Tod meiner Oma oder doch der Wegzug aus meiner Heimat. Eventuell kann ich im Rahmen therapeutischer Arbeit herausfinden, was es war. Und dann kommen eventuell die Erinnerungen zurück. Wäre echt schön! Wenn ich mir heute Fotos von früher ansehe, sind in mir nicht wirklich Gefühle vorhanden. Ich kenne zwar die Menschen auf diesen Bildern, aber ich empfinde nichts dabei. Ganz schlimm finde ich es, wenn ich Bilder von meinen Eltern oder meiner Schwester ansehe. Da ist keine Liebe, Wut, Freude oder tiefe Empfindungen in mir vorhanden. Dieser Umstand macht mich so wütend und traurig auf mich. Die Personen auf diesen Fotos können nichts dafür und mir wäre es so viel lieber wenn es anders wäre. Ich weiß auch, dass eine oder sogar zwei ganz liebe Menschen gerade mit den Tränen kämpfen werden. Es tut mir leid, aber auch das ist ein Teil von mir. Das was mich ausmacht, dass was ich bin.

Durch die lange Zeit daheim, ist mir das erst einmal bewusstgeworden. Vorher ist mir das nie aufgefallen. Warum auch und vor allem wann auch? Ich finde ja immer tausende Ausreden, damit ich mich nicht mit meinem vergangenen Leben beschäftigen muss. Das Schlimmste ist bei mir, je anstrengender es wird, desto mehr und wichtiger sind die Ausreden. Nur diesmal nicht, weil Ausreden sind ja auch nur eine Form von weglaufen. Nein, diesmal gehe ich nicht den leichten Weg und stelle mich meinen Dämonen.

Also was ich aus dem Bilder betrachten, entnehmen konnte ist, das ich schon glücklich war als Kind. Die Jugendzeit würde ich sagen, verlief normal und das Verhältnis zu meiner Schwester war recht gut. Der eine oder andere Gedächtnisfetzten ist schon noch da, aber eben ohne Empfindungen.

So zum Beispiel aus der Schulzeit. Der Wunsch meiner Eltern war es, dass ich das Gymnasium besuchen sollte. Ich wollte weder die Schule wechseln und noch weniger wollte ich meine Klassenkameraden verlassen. Also machte ich, dass was viele Jugendliche machen die gegen ihre Eltern waren. Ich rebellierte. Regeln wie Hausaufgaben machen, pünktlich sein oder lernen waren mir egal. Ich habe sogar eine Weile zum Alkohol gegriffen. Ergebnis meines Tuns Alkohol ist kein Thema mehr und natürlich bin ich nicht auf das Gymnasium gewechselt. Aus heutiger Sicht denke ich mir manchmal, es wäre eventuell nicht schlecht gewesen. Naja, bis jetzt bin ich auch ohne Abitur gut durchs Leben gekommen. Und Weisheit kommt im Alter.

So, im Nachgang fällt mir eine ganz große Enttäuschung ein. Halt! Enttäuschung ist eventuell nicht ganz richtig, sagen wir eine Entscheidung von anderen. Diese Entscheidung sollte wahrscheinlich unser Verhältnis innerhalb der Familie stark prägen. Wenn ich für mich spreche, dann war es eine lebensverändernde Entscheidung.

Das Schlimme dabei ist das, was Eltern für sich als gut und richtig empfinden, ist oft für den Rest eine Katastrophe. Meine Eltern beschlossen umzuziehen. Weg aus der Heimat und neu beginnen. Das war für mich so ein Einschnitt im Leben. Ich musste mich zwischen Familie und Heimat entscheiden. Ich habe mich für die Familie entschieden. Meine Eltern sind damals schon vorgegangen und in das neue Haus eingezogen. Ich habe noch ein paar Wochen in meinem Elternhaus gelebt. Allein. War ein echt komisches Gefühl. Keine Angst, ich bin nicht verhungert oder unter die Räder gekommen. Ich habe dann noch so den Rest zusammen geräumt und ein wenig saubergemacht. Als die Zeit soweit war das auch ich das Haus verlassen musste, war das ein ganz ganz komisches Gefühl. Ich glaube, mir sind noch mal die wichtigsten Ereignisse durch den Kopf gegangen. Tür zu, Gedanken und Erinnerungen in die Kiste, Deckel drauf und fertig. Ich muss dazu sagen, ich war damals etwa 20 und hatte die erste schmerzhafte Trennung gerade überwunden. Ich hätte auch sagen können: „Nein, ich bleibe".

Mir war dann die Familie aber doch wichtiger. Nur leider habe ich in der neuen Heimat nie Fuß gefasst.

Und ich glaube das mit dem Umzug hatte schon einen tieferen Sinn, den ich erst jetzt verstehe. Denn ohne ihn hätte ich wahrscheinlich niemals meine damalige Frau kennengelernt. Und zwei so wunderbare Kinder hätte ich auch nicht. Also sind wir wieder bei der Erkenntnis: Alles ist mit allem verbunden. Oder anders gesagt: Aktion und Wirkung.

Man sagt ja oft, wenn ein neues Leben in die Familie kommt muss einer gehen. Meine Tochter ist geboren und meine Oma hat mich, nein, uns verlassen. Und nein, ich gebe jetzt weder bewusst noch unbewusst irgendjemanden die Schuld. Das ist einfach der Lauf der Dinge. Große Freude und große Trauer in kurzer Zeit. Aber ich weiß, sie passt jetzt auf mich auf und hat damit eine viel größere Aufgabe und wahrscheinlich auch sehr viel Freude daran.

Ich bedanke mich von ganzen Herzen bei dir.

8. Zusammen oder doch alleine....?

Freunde fürs Leben. Das wäre ein echtes Geschenk.

Ich höre immer wieder von Menschen, auch aus meinem Bekanntenkreis, dass sie Freundschaften aus der Schulzeit bis ins hohe Alter beibehalten, pflegen und wahren. Zwei Personen (oder mehr), die durch dick und dünn gehen. Die die Freude der Geburt und auch den Schmerz des Todes oder Verlustes teilen. Und solche Freundschaften halten oftmals über das eigene Lebensende hinaus. Weil ich glaube, eine wahre Seelenverwandtschaft trennt nicht einmal der Tod.

Ich habe leider keinen Kontakt mehr zu Freunden aus dem Kindergarten oder der Schulzeit. Es gab schon zwei Menschen, die mir echt wichtig waren. Leider haben sich unsere Wege durch „das Leben" getrennt. Wenn ich es könnte, würde ich die Zeit zumindest in diesem Punkt zurückdrehen.

Mit Marco habe ich damals die pubertäre Entwicklung durchlebt. Wir haben echt viel Blödsinn gemacht. Wir hatten Phasen, da war uns egal, was die Eltern wollten. Wir waren jung und uns gehörte die Welt. Zum Glück haben wir damals nur Alkohol ausprobiert und nichts Schlimmeres. Ja, ok, bis auf das Rauchen. Das ist mir als einziges geblieben. Wenn ich so darüber nachdenke, ist das meine einzige Konstante in meinem Leben seit der Jugendzeit. Das ist wahrscheinlich auch der Grund warum ich nicht aufhören kann oder will. Aber ok, ich komme vom Thema ab. Also, hopp hopp, zurück auf den Weg um zum Ziel zu kommen.

Wir hatten damals den selben Musik- und Klamottengeschmack. Die Musik ist geblieben. Seine Familie hat mich akzeptiert wie ich bin und es waren immer gefühlt meine zweiten Eltern. Es gab auch das eine oder andere Lob, aber auch mal mahnende Worte. Marco und ich wir waren wie Brüder. Wir haben echt jeden Scheiß zusammen gemacht.

Durch die Arbeit an mir muss ich sehr oft an Marco denken. Der Auslöser des

Nachdenkens war der Tod von Patrick. Wir waren in derselben Klasse. Er war jetzt nicht mein bester Freund, aber es ist ein komisches Gefühl daran zu denken. Wir hatten vor ein paar Jahren Klassentreffen und ich wollte erst hinfahren. Habe dann aber durch mein Grübeln entschieden, es nicht zu tun. Meine Gedanken waren damals so in die Richtung: „Was soll ich mit den Leuten reden." Wir haben uns fast 30 Jahre nicht mehr gesehen. Es sind vollkommen fremde Menschen mit ihren eigenen Problemen und Sorgen. „Will ich das überhaupt alles wissen?" Ich bin nicht gefahren.

Durch die WhatsApp-Gruppe zum Thema Klassentreffen habe ich erfahren, dass Patrick eine Woche nach dem Treffen an Herzproblemen gestorben ist. Gut, es wäre wahrscheinlich auch ohne mein da sein passiert. Nur durch meine blöden und unbegründeten Gedanken habe ich nie mehr die Möglichkeit mit ihm zu reden. Im Nachhinein macht mich das so traurig und wütend auf mich selbst.

Aber warum fällt es mir so schwer, dass ich mich bei Marco melde? Ist es die Angst abgewiesen zu werden? Oder die Ungewissheit, ob wir wieder zusammenfinden? Ich meine, mir ist auch klar das jeder seinen eigenen Rucksack tragen muss und die unbeschwerte Zeit ist auch vorbei.

Das sollte aber nicht der Grund für die Ängstlichkeit sein.

Durch die Therapien die ich schon gemacht habe und noch machen darf kommen immer mehr Dinge zum Vorschein, die ich früher gebraucht habe. Leider hat das Leben bzw. viele Umstände im Leben immer mehr Tücher über mich und mein eigentliches „Ich" gelegt. Es wurden immer mehr, bis das schöne und wunderbare Licht nicht mehr leuchtete. Es ist nicht einmal die eigentliche Form des inneren Kerns sichtbar. Ich bin so unendlich dankbar, dass ich mühsam und langsam die Tücher zur Seite schieben und nach und nach ein Stück ablegen kann und darf.

Wie schon gesagt, trennte uns das Leben und der Wunsch wieder Zeit miteinander zu verbringen war irgendwie nicht da. War es mir nicht wichtig oder war es einfach der Umstand, dass mich meine eigene Familie so eingespannt hat? Ich weiß es nicht. Der Gedanke ist erst vor kurzen wieder aufgeflammt und wandelt sich langsam zu einem Wunsch. Ich hoffe irgendwie, dass es ein Verlangen wird, weil ich dann alle Ängste über Bord werfen kann und den Kontakt suche. Ich hoffe nur, es ist dann noch nicht zu spät.

Ich weiß auch nicht, wo gerade jetzt der Wunsch oder die Sehnsucht nach einer tiefen Freundschaft herkommt. Klar, mit meiner Partnerin kann ich schon über alles reden, lachen und weinen. Es gibt aber bestimmte Momente, da braucht man einen sehr guten Freund. Der dich auch mal auf die eine oder andere Art und Weise in den Arsch tritt. Und mit mir zusammen einen Weg durch den Sturm findet und geht. Um dann am Ende glücklich und zufrieden mit mir am Lagerfeuer sitzt. Stolz auf uns ist. Stolz auf mich ist.

Ich fühle mich seit Jahrzehnten wie ein Getriebener immer auf der Suche nach wahrer Freundschaft. So wie der

Krieger, der einen treuen Gefährten sucht, um gegen den schwarzen Ritter zu kämpfen. Leider habe ich bisher noch keinen gefunden und der schwarze Ritter kommt immer näher. Ich möchte ihn einfach nur besiegen und bei meinem Freund und Gefährten ein Heim finden. Ein Heim, wo ich Rüstung und Schwert ablegen kann und darf. Und wo wir einen Krug Met vor dem Kamin trinken, gut speisen und uns über unsere Heldentaten unterhalten. Wo wir lachen, weinen und uns vor Glück in den Armen liegen können. Jemand, dem ich bedingungslos vertrauen kann und der mir vertraut.

Wenn ich diesen Zustand in meinem Leben erreicht habe, bin ich schon ein ganzes Stück weiter und es fallen wieder einige Tücher und das innere Leuchten kommt langsam zum Vorschein.

Ich habe mit Petra und Dietmar zwei Menschen kennenlernen dürfen, die diesem Gefühl schon echt nah kommen. Ich habe zu Petra so ein tiefes Vertrauen und die Chemie hat von Anfang an gepasst. Klar, Petra ist meine

Therapeutin, aber mein Empfinden geht weit über eine Therapie hinaus. Darum habe ich den Entschluss gefasst, die Therapie bei ihr abzubrechen. Ich kann es im Moment nicht trennen und habe ein schlechtes Gewissen eine Freundin so mit meinem seelischen Müll zu belasten. Mir ist die Freundschaft tausendmal wichtiger. Therapeuten gibt es wie Sand am Meer, zwar nicht so gute, aber egal. Freunde finde ich nur einmal, höchstens zweimal im Leben.

Dietmar ist so der „alte weise Mann" (grins). Er weiß sehr viel und strahlt ganz oft eine gewisse Ruhe aus. Auch wenn ich weiß, dass es innerlich doch oft anders aussieht. Ich bin gerne in seiner Nähe. Dietmar hat so etwas Väterliches für mich. Ein sehr, sehr schönes Gefühl. Und dieses Gefühl lass ich mir von niemand nehmen. Ich habe auch festgestellt, dass man sich gar nicht täglich sehen muss um verbunden zu sein. Da bin ich für die moderne Technik echt dankbar. Das Handy erleichtert dann schon einiges. Ein „Guten Morgen" oder ein „Wie geht es dir" bringt da echt viel. Weil alleine dadurch, dass er mir schreibt, denkt er schon an mich. Und ich automatisch an ihn. Wir sind zwar noch nicht bei dem Kamin und dem Met, aber für meinen Teil auf dem besten Weg.

Was bleibt für mich jetzt als Erkenntnis? Erstens die Angst zur Seite schieben und den Kontakt zu Marco und Manu suchen. Und zweitens das Kaminzimmer vorbereiten.

So, und jetzt habe ich doch den treuesten Begleiter der letzten 2 Jahre fast vergessen. Helmut. Er ist der Einzige, der mich ungefiltert kennt. Ihm kann ich alles mitteilen, ohne dass er mich bewertet. Er ist immer erreichbar, niemals böse auf mich. Er fordert nichts und kann auch lange auf mich warten. Und trotzdem ändert sich an unserer Freundschaft nichts, kein Stück weit. Helmut hat mich durch meine schweren Phasen begleitet. Helmut? Wer ist das? Helmut ist mein Tagebuch. Ja, ich schreibe so etwas und ich schreibe so als wenn ich mit einem Freund sprechen würde. Ohne verbiegen und überlegen. Was mir in dem Moment in den Kopf kommt, schreibe ich auf. Absolut authentisch und ich.

Aber jetzt ist Schluss mit diesem Kapitel.
Dieses Sentimentale macht einen ja
noch ganz depressiv (lautes innerliches
Lachen).

Ich sage Marco, Manu, Petra, Dietmar
und Helmut aus tiefstem Herzen
Dankeschön und bin auch unendlich
dankbar das sich unsere Wege gekreuzt
haben.

9. Was ist das Wichtigste….?

Das Allerwichtigste in meinem Leben ist meine Familie. Geld, berufliche Erfolge und sogar Freunde kommen und gehen. Aber Familie bleibt, auch wenn nur oftmals im Herzen. Sie ist Antrieb, Halt und Stütze zugleich. Also im Normalfall.

Unser Familienverhältnis ist manchmal sehr schwierig. Ich möchte mir einfach mal vieles von der Seele schreiben, also natürlich nur soweit das ich niemanden verletzte. Und liebe Gabi und Lothar, es ist nicht eure Schuld, dass es so ist wie es ist.

Ich habe in der Therapie hier in der Klinik das erste Mal die Erfahrung machen dürfen, das Bindung der Schlüssel sein kann der den Grundstein für alles Weitere legt. Mir wäre das nie in den Sinn gekommen, dass ich 2022 einen großen Fehler, eines nicht mehr existierenden Staates ausbaden darf. Das System war dann doch nicht so gut. Da meine Eltern beide arbeiten mussten, ist das Thema Bindung auf der Strecke geblieben. Wir haben das

Thema einmal in einer Therapiesitzung angesprochen. Es ging dabei um meine Lebenslinie und die Grundbedürfnisse eines jeden Menschen. Bindung ist ein elementarer Grundpfeiler unseres Seins. Und als wir es genauer betrachteten, ist mir ganz viel klargeworden. Die frühkindliche Prägungsphase ist dabei sehr wichtig. Und dort steige ich mal in mein Gefühlschaos ein.

Bindung? Was ist das für mich? Ist es das, das die Eltern für ihre Kinder da sind? Ist es das Ablesen jedes Wunsches von den Augen? Oder ist es dann doch so, dass man sich selbst finden muss, darf und sollte? Ich glaube, es ist die Mischung davon und noch viel, viel mehr. Mir bricht es das Herz, das ich es nicht mehr weiß und nichts mehr empfinde aus der Zeit. Das ist so schrecklich traurig, mehr noch, es macht mich kaputt. Ich hatte sogar schon den Gedanken, dass ich adoptiert bin. Das eben jene Eltern nicht meine sind. Je mehr ich darüber nachdenke, nein, darüber nachgrüble, umso schlimmer wird es. Es ist so schlimm, dass ich nicht mal mehr den Mut habe bestimmte Dinge bei meinen Eltern anzusprechen.

Oder habe ich ihn nie gehabt? Ich schaffe es einfach nicht zusagen: „Ich habe euch lieb". Ich bin schon stolz auf meine Eltern, auch wenn es streckenweise nicht immer einfach war. Und ich hoffe, nein, ich bete, dass ich den Mut dazu finde bevor es zu spät ist. Ich würde es mir niemals verzeihen, wenn ich es nicht mehr sagen kann.

Es gibt und gab in unserer Familie immer wieder Dinge, die nicht so schön gelaufen sind. Da ist der Umzug aus der Heimat und ganz schlimm der Tod von Oma. Ich weiß, ich erzähle es schon wieder, aber es ist wichtig und ich möchte auch diese Gedanken langsam loswerden. Weil, wenn nicht frisst es mich auf und macht ein hässliches Monster aus mir. Und ich wäre lieber wieder der kleine Michael, der die Welt naiv und mit kindlichen Augen sieht. Und durch sein erfahrenes erwachsenes Ich bestimmen bzw. entscheiden kann, welches er gerade sein darf. Einfach etwas mehr unbekümmert und glücklich sein. Ein ganz großer Wunsch wäre es, wenn wir in der Familie über unsere

Gefühle und Gedanken reden könnten ohne dass jemand beleidigt, nachtragend oder sauer ist.

So, ich schließe den Teil der elterlichen Bindung hier mal ab. Der ganz persönliche Teil meiner Gedanken und Empfindungen würde jetzt zu weit gehen. Und ich möchte dann doch nicht alles mit euch teilen. Vor allem möchte ich niemanden verletzen und weh tun. Das teile ich dann den betreffenden Personen in einem Brief oder im persönlichen Gespräch mit. Ich meine, schließlich brauche ich ja noch Schreibstoff für einen zweiten Teil. So in 20 Jahren (grins).

Ein wichtiges noch lebendes Familienmitglied ist meine kleine Schwester Sabine. Klein ist sie nun auch nicht mehr. Sabine ist auch schon 40 und hat in der Zwischenzeit selbst eine Familie mit zwei großen Kindern. Aber das beleuchten wir jetzt mal nicht so genau. Um was es mir geht, ist das Verhältnis zu ihr, meine Gefühle und Gedanken.

Ich betrachte öfters Fotos von uns. Du weißt schon die auf Fotopapier nicht diese digitalen. Wir waren schon tolle Geschwister. Klar, wie in jeder guten Beziehung gab es auch da Höhen und Tiefen. Und soweit ich weiß waren wir schon für einander da. Ich erinnere mich an eine Geschichte. Sabine hatte früher mal ganz lange Haare. Irgendwann kam ich nach Hause und sie waren ab. Was für ein Schock! Aber auch das habe ich überlebt (grins). Ich hatte auch ein komisches Gefühl, als es bei ihr mit Freunden losging. So das Gefühl, das ich teilen muss und etwas verliere. Gut, aus heutiger Sicht war schon die eine oder andere Pfeife dabei. Das ist aber Vergangenheit und noch nicht mal meine, also gehören Details hier nicht her und wären auch zu persönlich.

Aber ein Freund ist mir im Gedächtnis geblieben. Das ist ihr Ehemann. Wir haben oft viel Zeit zusammen verbracht. Disco, im Sommer am See grillen oder unsere Abende mit dem Auto auf dem Parkplatz. Es war eine tolle Zeit. Und ja, es fühlte sich für mich so an, als wenn ich einen neuen Freund für mich gewonnen hätte. Als wir als Familie umgezogen sind, hat sogar der Kontakt gehalten. Selbst als ich dann meine (Ex-) Frau kennenlernte. Wir haben uns immer regelmäßig gesehen. Entweder waren wir bei Sabine oder umgekehrt. Es waren immer schöne Zeiten. Bis zu diesem Vorfall. Nein, keine Angst, ich erzähle nicht, was da vorgefallen ist. Ich sage nur eins dazu, es hat unser Verhältnis massiv und nachhaltig gestört. Und es sollte viele Jahre dauern, eh eine echte Annäherung stattfinden kann.

Durch die Krebsdiagnose von Lothar, habe ich immer mehr das Verlangen gespürt, wieder ein echtes Bruder-Schwester-Verhältnis aufzubauen. Am Anfang war ich nicht ganz fair zu Sabine und ich habe mich nur gemeldet, wenn ich etwas brauchte oder ich mich auskotzen wollte. Nun ja, es ist passiert, was passieren musste. Ich habe sie verletzt und enttäuscht. Mir ist das nicht bewusst gewesen. Und ich habe das auch nicht bewusst gemacht, aber es ist passiert. Es tut mir so unendlich leid. Ich habe von einer vertrauten Person einen Hinweis bekommen, was ich da eigentlich mache.

Ich habe mich so vor dem ersten Telefonat gedrückt, hatte regelrecht Angst davor. Sabine hat mir ihre Empfindungen mitgeteilt. Und ja, ich habe mich am Telefon entschuldigt und nicht wie sonst üblich per WhatsApp. Das Ziel war zwar das selbe, aber der einfache Weg hätte mich echt nicht weitergebracht. Ich finde es wahnsinnig toll, dass auch sie wieder ein normales Verhältnis zwischen uns wünscht. Unsere Telefonate werden immer besser und ich war noch nie so froh mit jemanden zu telefonieren. Liebe Schwester: Ich vermisse dich.

Der nächste wichtige Teil in meiner Familie sind meine zwei Kinder. Eigentlich hätte ich mit ihnen anfangen sollen, aber das hätte chronologisch nicht gepasst.

Ich werde diesen Moment niemals vergessen, als ich meine Tochter das erste Mal auf dem Arm gehalten habe. So zart, so klein und so zerbrechlich. Der erste Blickkontakt von uns. Die kleinen Finger und der Geruch. Man kann es nicht sehen, aber ich habe Tränen in den Augen bei dem

Gedanken an meine kleine Prinzessin. Ich war so stolz auf uns beide. Ich weiß auch noch wie die Heimfahrt nach der Klinik war. Ganz vorsichtig, dass ja nichts passiert. Ich habe aus beruflichen Gründen etwa 8 Monate Elternzeit mit ihr verbracht. Es war die schönste Zeit in unserer Beziehung. Anstrengend, neu und ungewiss, aber wunderschön. Wir hatten eine sehr tiefe Bindung und ich dachte immer, uns kann nichts trennen.

Als meine Frau noch einmal schwanger wurde, habe ich gedacht jetzt ist mein Glück perfekt. Ich habe mich schon gefreut, dass ich dieselben Gefühle wie bei meiner Tochter noch einmal erleben und durchleben darf. Dem war leider nicht so. Der Start meines Sohnes ins Leben war leider nicht ganz einfach. Er kam per Notkaiserschnitt auf diese Welt. Ich durfte das Wunder der Geburt nicht miterleben. Als mir die Krankenschwester den kleinen Kerl brachte, war ich schon stolz und glücklich. Aber eben nicht so wie beim ersten Mal. Da bei der Geburt nicht alles gut ging, war er ein Schreibaby. Wir haben alles versucht, nichts hat geholfen. Wir als Eltern waren echt am

Ende. Und eine echte Bindung und Freude ist leider nicht entstanden. Ganz im Gegenteil, es wandelte sich eher in die andere Richtung. Selbst der Kinderarzt wusste nicht weiter. Irgendwann haben wir den Tipp bekommen zum Osteopathen zu gehen. Was hatten wir zu verlieren. Ein Mann wie ein Baum, 2 Meter groß und Hände wie Klodeckel. Ich dachte nur: Mach bitte nicht noch mehr kaputt an ihm. Er hat meinen Sohn in den Händen. Zwei, drei kleine Bewegungen und er war geheilt. Er erklärte uns, dass seine Halswirbel bei der Geburt in Mitleidenschaft gezogen worden waren. Er hat das wieder in Ordnung gebracht. Nach diesem Termin war das Schreien weg und ich war guter Dinge, was unser Vater-Sohn-Verhältnis anging. Aber nein, es zogen ja dunkle Wolken auf und ein Gewitter drohte.

Die Scheidung und der Verlust meiner Kinder hat mich fast in den Wahnsinn getrieben. Ich war zwischenzeitlich soweit, dass ich mir gesagt habe: „Sie sind gestorben". Nur damit es für mich leichter wird. Natürlich waren sie nicht wirklich tot. Leider haben wir uns so weit voneinander entfernt, das ich befürchte, wir finden keinen gemeinsamen Weg mehr. Es sind inzwischen über 10 Jahre vergangen seit der Scheidung. Ich habe praktisch ihr halbes Leben verpasst. Und für die ganz Schlauen die jetzt sagen, bist ja selbst schuld, nein, zu einer Trennung gehören immer zwei. Es tut einfach nur weh, wenn man die Jahre der eigenen Kinder verpasst. Die Gründe, warum wir uns so entfernt haben möchte ich jetzt nicht thematisieren. Das wäre zu persönlich und auch nur einseitig und unfair. Ich wünsche mir, dass es irgendwann besser wird. Und sofern es möglich ist, wir uns neu kennenlernen.

Als letztes im Bunde ist meine jetzige Familie dran. Meine Frau Nici, Adrian, Emilia und unsere 4 Katzen. Ich bin so stolz auf meine Frau. Sie tritt mir immer wieder in den Arsch und fängt mich gleichzeitig auf, wenn ich drohe zu stolpern. Einfach ein Geschenk. Und ich bin für meine Hartnäckigkeit beim Kennenlernen sehr dankbar. Wir haben als Familie viele schöne, aber auch nicht so schöne Dinge durchlebt. Die drei sind mein Anker, mein Zuhause und meine Stütze.

Ich bin so stolz auf Adrian. Als wir uns kennengelernt haben, war er ein kleiner, fröhlicher Junge. Seine hellbraunen Haare und dieses Lachen haben mich einfach verzaubert. Inzwischen ist er schon groß und er zeigt Seiten an sich, die mich immer wieder beeindrucken.

Und Emilia. Unsere Künstlerin. Und das sage ich nicht abwertend. Sie ist immer so stolz auf ihre Werke. Ich glaube, sie kommt mal ganz groß raus. Ich bin stolz auf dich, also darfst du es auch auf dich sein.

Ich werde jetzt mal zum Ende kommen. Wenn ich zusammenfassen darf: Liebe, Trennung, Stolz doch wieder zueinanderfinden heißt zwar viel Arbeit, aber es lohnt sich. Und nicht wundern das ich so wenig über meine Frau, Adrian und Emilia geschrieben habe. Es hat jeder von ihnen einen ganz persönlichen Brief erhalten. Ich habe sie also nicht vergessen.

Danke für die Geduld, weil es etwas mehr geworden ist. So ist das nun mal im Leben. Leben heißt Erfahrung und nur wer Erfahrung hat kann etwas erzählen.

10. Woher kommt die Kraft....?

Jeder kennt es, und man lacht oft darüber. Das Thema Achtsamkeit trifft sehr oft auf geteilte Meinungen. Oft heißt es „Sei achtsam mit dir". Aber was ist das eigentlich? Ist es gesunde Ernährung? Weniger Alkohol, Kaffee und Tabak? Die Work-Life-Balance? Ich glaube es ist von allem etwas und vor allem muss das jeder für sich entscheiden.

Ich höre immer in der Therapie: „Mach das, was dir guttut.". Oder solche Worte wie „Selbstfürsorge". Ich für meinen Teil versuche es erstmal mit gesundem Essen. Zucker weg, Gemüse her. Ab und zu mal Fleisch. Ok, es kommt bei mir auch der Tierwohl- und Umweltschutzaspekt dazu.

Aber aus der Achtsamkeit alleine ziehe ich nicht meine Kraft. Würde glaube ich auch nicht funktionieren. Selbst achtsam sein kostet mich eine gewisse Kraft.

Ich hole mir meine Ideen, Kraft und auch teilweise Inspirationen von einer anderen Quelle. Diese kostet kein Geld, ist fast überall verfügbar und je älter sie ist, desto besser ist es für mich. Dort gibt es so ein komisches Ding was im Normalfall von alleine kommt, uralt werden darf, und von alleine wieder geht. Ich spreche von nichts geringerem wie einem Baum. Bäume sind für uns essentiell und lebensnotwendig. Sie produzieren Sauerstoff, Regen und schützen uns vor Überschwemmungen. Ich entschuldige mich bei allen anderen Pflanzen auf dieser Welt, ihr seid natürlich genauso wichtig. Der Wald ist daher mein absoluter Kraftort. Dort ist nichts geplant, also zumindest im (Ur-) Wald, der seine Ruhe hat. Und Urwald gibt es nicht nur im Amazonas. (Ur-) Wald beschreibt ja nur den Zustand bzw. die Entwicklungsform eines Waldes. Die Natur kreiert die schönsten Kunstwerke. Und oft entstehen dadurch sehr mystische Orte. Moosbedeckte Steine, abgestorbene Bäume, auf denen Pilze wachsen oder Baumwurzelhöhlen. Wenn man ganz leise und ruhig ist, hat man auch die Möglichkeit das eine oder andere Tier zu beobachten. Der Wald bietet so viel Ruhe und gleichzeitig so unendlich viel Leben. Wenn ich dann ohne Schuhe durch den Wald laufe und die unterschiedlichen Untergründe spüre, ist das ein wahnsinnig geiles Gefühl. Das erdet mich persönlich mehr als alles andere. Ich glaube auch, dass die Energie des Waldes ein Stück in mich übergeht. Durch Millionen Jahre des Kommens und Gehens, glaube ich, dass ganz viel positive Energie und gesundes im Waldboden gespeichert ist. Es ist schon absolut faszinierend, wenn man sich mit dem Thema Wald und den Vorgängen darin etwas näher beschäftigt. Ich habe mal gelesen, dass die Wissenschaft sogar den Ansatz hat, das Bäume echte Lebewesen sind. Und ich für mein Verständnis sage: Ja, sie haben recht. Pflanzen erfüllen alle Voraussetzungen für ein Lebewesen. Ob es die Vermehrung ist, das Wachsen, das Sterben und auch das Zwischenpflanzliche ist vorhanden.

Meine beiden Lieblingsbäume sind zum einen die Eiche und dann die Buche. Warum genau diese beiden? Nun, es sind beides Bäume mit einem harten Holz. Dann können sie sehr alt werden. Und wenn sie dürfen, werden sie sehr groß und stark. Und das ist genau das, was ich auch gerne sein würde. Und ja, ich umarme Bäume.

Oh Gott, was bin ich für ein Spinner (grins). Auf diese Behauptung habe ich nur eine Antwort. Und die lautet: Ich bin kein Spinner und es tut mir mehr als gut.

Warum mache ich das? Nun die Buche hat eine glatte Rinde, was es schon mal sehr angenehm für mich macht. Dann kommt es auf die Jahreszeit an, im Sommer ist er warm und im Winter eher kühl. Wenn ich ganz ruhig bin und mich fallen lasse, kann ich sogar das Leben im Baum spüren. Kann ich mir aber auch nur einbilden, aber ist mir egal, es ist einfach schön. Der Baum wird theoretisch in hundert Jahren immer noch da sein. Also sind wir irgendwie wieder bei Bindung und Verlassen. Es ist in gewisser Weise ein sehr vertrautes Gefühl und wenn man seinen Baum gefunden hat kann es ein treuer Begleiter sein. Und wenn ich in einem Zustand von absoluter innerer Ruhe bin, geht die Kraft bzw. ein Teil davon auf mich über. Das kann ich leider schlecht erklären und jemand der es noch nicht versucht hat, wird sich seinen Teil denken.

Eine absolute Herausforderung ist es, wenn einen andere Leute dabei zusehen. Diese Fragezeichen in den Augen. Einfach herrlich! Aber es hat bisher noch keiner den Mut aufgebracht und gefragt, wieso und warum ich das mache. Ich wäre gern bereit, mit ihm darüber zu reden. Also mein erster absoluter Kraftort ist der Wald, je wilder desto besser. Und da gibt es zum Glück noch einige. Durch gewisse Achtsamkeitsübungen kann ich mir die gesehenen und erlebten Bilder des Waldes in mein geistiges Auge zurückholen. Das hilft in stressigen Situationen. Also wenn ihr mich mal im Wald mit einem Baum in inniger Umarmung seht, habt den Mut und sprecht mich an. Ich erkläre es euch sehr gerne.

Wollen wir mal unsere Reise, nein, meine Reise zu Dingen die Kraft und Gutes tun fortsetzen. Da gibt es noch einen Ort, den ich mit viel Arbeit, Fleiß und Ideen geschaffen habe.

Es war 2015 als wir als Familie in unser Haus eingezogen sind. Übrigens, wir haben das Haus Villa Kunterbunt getauft. Das Haus ist nicht sehr groß, hat aber einen Garten. Wir wohnen in einem Reihenhaus und habe das Eckhaus davon. Das Haus ist aus den dreißiger Jahren.

Daneben ist durch eine zwei Meter hohe Hecke ein extra Bereich. Mein erster Gedanke war damals: „Da baue ich die Terrasse hin". Nicht einsehbar und ruhig. Das Bauprojekt sollte ein paar Jahre dauern und ist noch nicht perfekt und wandelt sich noch ein wenig. Die richtige Idee ist uns noch nicht gekommen. Aber in erster Linie geht es mir nicht um die Terrasse. Mein wichtigstes Projekt ist mein Garten.

Wir sind Silvester eingezogen und im Sommer ging die Reise „Traumgarten" los. Ich habe als erstes die komplette Fläche umgegraben, gesiebt und Blumenbeete angelegt. Das hat etwa 3 Wochen gedauert. Dann kam der Rasensamen dazu und ich konnte voller Stolz zusehen, wie es langsam grün wird.

Ich hatte schon immer einen Bereich im Garten, der etwas „wilder" war. Dort stehen Sträucher, als kleiner Sichtschutz zur Straße. Ich entdeckte immer wieder viele neue Pflanzen, die dort einfach so wachsen. Im Sommer ist dort ein Blütenteppich aus weißen und lila Blüten und die Sträucher blühen in sattem Sonnengelb. Ohja, dieses Bild vor meinem Auge ist so schön und beruhigend. Also beschloss ich, dort kommt mein naturnaher Bereich hin bzw. alles bleibt dort so wie es ist. Der restliche Garten nahm langsam Gestalt an. Pflanzen kamen nach und nach ins Beet. Obstbäume kamen auf den Rasen. Ich möchte ja im Alter unter einem Baum sitzen und über mein schönes Leben nachdenken. Am Ende des Gartens steht jetzt auch ein kleines Gartenhaus für Rasenmäher und so. Und die Komposthaufen durften natürlich auch nicht fehlen.

Da ich ja nie Geld habe, habe ich mir über einschlägig bekannte Plattformen günstig Baumaterial besorgt. Ziegelsteine, Tonröhren und andere brauchbare Sachen. Die Ideen für die Verwendung hatte ich zwar noch nicht, aber egal. Gute Dinge brauchen manchmal Zeit. Irgendwann baute ich aus den Ziegeln, Tonröhren und Dachziegeln eine kleine Mauer. Nicht sehr hoch und erst recht nicht gerade. Weil, was ist in der Natur schon gerade. Diese kleinen Dinge machen mich so stolz auf mich. Wenn mir jemand Komplimente macht, fällt es mir echt schwer, sie anzunehmen. Wenn ich es aber täglich sehen kann und ich mich erfreuen kann nehme ich ein Lob sehr gerne an. Aber zurück zum Thema. In der Zwischenzeit wachsen Pflanzen in den Mauerspalten. Die habe ich nicht gepflanzt, das war die Natur alleine. Und ich empfinde es als große Ehre, dass die natürlichen Prozesse in dem Bereich losgehen. Es ist einfach wunderschön.

Durch die Spaziergänge im Wald, an Seen und Bächen kommen mir ganz viele tolle neue Ideen für mein Paradies. Wir haben letztes Jahr eine Teichwanne gekauft ohne eine Idee, wohin damit. Da ich ja wie gesagt ein Sparfuchs bin, habe ich mir mal wieder kostenlose Baumaterialien besorgt. Diese lagen

dann auch gut ein Jahr herum und warteten auf eine gute Idee. Diesen Sommer habe ich mir dann einen Teich mit Bachlauf gebaut. Etwa 2 Wochen Arbeit. Wie immer kommen die Ideen beim Machen und ich brauche keine Bauanleitung. Fachlich ist es wahrscheinlich nicht richtig gebaut, ist mir aber egal. Ich habe es geschaffen und macht mich mehr als stolz.
Nächstes Jahr kommt dann noch eine Solarpumpe hinzu und mein Biotop ist in den Grundzügen fertig.

Der Plan ist dann nur noch eine Bepflanzung und die Natur macht den Rest für mich. Unsere 4 Katzen haben in unserem Garten den größten Spaß. Ich beobachte auch immer wieder Leute, die am Gartenzaun stehen bleiben und sich erfreuen. Das ist der beste Beweis, dass ich alles richtig gemacht habe.

Also ich würde sagen, probiert es mal mit dem Baumkuscheln aus. Es tut nicht weh und kann euch eventuell ganz viel geben.

Und ich verspreche, dass ich mich öfters auf meine Wiese lege und die Früchte meiner Arbeit genieße.

11. Wo will ich den hin….?

Jetzt bin ich fast am Ende meines Buches. Die für mich schweren Themen sind besprochen, und ich kann mich mal der Zukunft widmen. Da ich nicht weiß, ob meine Wünsche erfüllt werden, kann ich ruhig in Träume versinken und etwas übertreiben.

Mein erster Zukunftswunsch ist es, dass ich mein Buch fertigbekomme und es euch ein Stück mitnimmt, auf der Reise durch mein Leben. Da ich ziemlich am Ende, des Buches bin, ist dieser Traum ziemlich realistisch. Dabei geht es mir in erster Hinsicht nicht ums Geld verdienen. Wenn es kommt, habe ich aber absolut nichts dagegen.

Beim Thema Job weiß ich noch nicht, was werden wird. Ich habe jetzt in der Krankheit meine Kündigung erhalten. Jetzt könnte man im ersten Moment denken: Was für eine Katastrophe! Das wäre es vor einem halben Jahr auch noch so gewesen. Ich bin so stabil, dass ich sage „Dankeschön für diese Chance mich neu finden zu dürfen " Ich bin froh das ich mich nicht mehr mit diesem Thema beschäftigen muss. Und ich befinde mich gerade in einer Situation, in der ich noch nie war.

Wenn ich das Thema Geld bei meiner Berufswahl ausklammere, weiß ich absolut nicht was für eine Arbeit ich machen möchte. Das heißt für mich, ich mache mir dann bald mal Gedanken was ich machen möchte. Ich finde den gesamten sozialen Bereich sehr spannend. Ist das etwa ein Zeichen? Aber erst mal einen Morgenkaffee (grins) und dann kann ich mir Gedanken machen.

Im Moment fehlt mir jedoch etwas die Kraft dazu, ich glaube das liegt auch an den Therapiestunden hier. Sie sind so anstrengend und da ist kein Platz für das Thema Arbeit. Und ich fühle mich im Moment etwas Therapiemüde. Gut, wundert mich auch nicht nach den Wochen in der Klinik. Aber ich weiß, wenn ich daheim bin und ich etwas Abstand zur Klinik habe, geht auch diese Reise bei mir weiter.

Ich bin langsam in einem Alter, in dem ich mich mit dem Gedanken Opa zu sein, immer mehr anfreunde. Aber meine lieben Kinder lasst euch dafür noch Zeit. Es sind meine Gedanken.

Ich erwische mich immer wieder, dass Bilder vor meinen geistigen Augen vorbeiziehen. Ich sehe mich mit meinen Enkelkindern auf dem Spielplatz oder zu Weihnachten bei uns daheim. Das Gefühl ist einfach traumhaft schön. Ich glaube, ich wäre ein toller Großvater. Ich würde gerne meine Werte an sie weitergeben. Solche Werte wie „Guten Tag, Bitte und Danke" aber auch beim Thema Hilfsbereitschaft und die Augen für die Welt offen halten möchte ich ihnen etwas vermitteln. Und da sind ja auch noch meine handwerklichen Fähigkeiten. Ich muss gerade schmunzeln bei dem Gedanken, wo ich diese Werte herhabe. Und somit schließt sich der Kreis zu meinen Großeltern. Wäre ich dann meine Oma Marianne und Opa Werner in einer Person?

Der Gedanke gefällt mir. Ok, ich habe nicht die hellen Haare und auch nicht den Bauch von Opa, aber sonst alles Gute von ihm. Und die guten

Eigenschaften von Oma habe ich eh. Ein schönes Bild. Und ich bin mir sicher, meine Enkel sind genauso gerne bei uns wie ich bei meinen war.

Das nächste bei der Zukunftsgestaltung ist, dass ich mich beim Bücherschreiben austobe. Ich habe so viele Ideen. Ob ein Kinderbuch, Fantasieromane oder Kurzgeschichten zum Thema Umweltschutz. Es heißt ja immer, man soll groß denken und dann kommt Erfolg. Gut, dann denke ich mal ganz groß und sage einfach „eine Million". Eine Million Euro auf dem Konto nur durch meine Bücher. Der Gedanke daran lässt mich zwar innerlich lachen, aber wer sagt das es nicht passieren kann. Und wenn ich darüber nachdenke, warum sollte man eigentlich nicht den Traum in ein Ziel wandeln. War ja mit diesem Buch nicht anders. Es war auch erst nur ein Traum, dann ein Ziel und jetzt hältst du es fertig in den Händen.

Ein weiterer mir sehr wichtiger Wunsch wäre es, wenn ich mit meiner Frau Hand in Hand am Strand spazieren gehen kann. Jetzt wird der eine oder andere denken, da ist doch nichts dabei. Ich habe den Traum, dass wir das im hohen Alter machen. Mit weißen Haaren und mit gereiften Gesicht. Barfuß durch den Sand laufen, glücklich über die gemeinsame Lebenszeit dem Sonnenuntergang entgegen und für einander da sein. Eventuell haben wir noch einen lieben Hund als Begleiter an unserer Seite. Einfach zusammen die warmen Meeresbrise und den warmen Sand unter den Füßen spüren. Uns stört nichts und niemand. Nur wir beide, das Meer, der Sand und der Wind. Einfach traumhaft!

Ich würde mir auch für die Zukunft wünschen, das ich mit meinen Eltern ins Reine komme. Das wir Dinge, egal ob gut oder schlecht endlich an- und aussprechen. Das wir Entfernungen überwinden. Ich hätte wahnsinnige Schuldgefühle, wenn ich das vor ihrem Tod nicht hinbekommen würde.

Ich würde mich echt freuen, wenn der Kontakt zu meinen Kindern besser wird.

Eventuell habe ich ja die Chance nach all der Zeit, sie neu kennenzulernen. Und sie mich natürlich auch. Ich brauche euch zwei genauso sehr wie alle anderen wichtigen Personen in meinem Leben. Ihr seid immer ein Teil von mir, und das bleibt auch bis an mein Lebensende so.

So genug geträumt. Ich sollte langsam damit beginnen die Wünsche in Ziele umzusetzen, damit brauchbare und schöne Ergebnisse entstehen können.

12. Warum und wieso….?

Was war die Triebfeder für mein Buch? Ich bin doch kein Schriftsteller. Kann ich das überhaupt? Und viel wichtiger, interessiert das jemanden? Zum Glück bin ich nicht so an die Sache herangegangen. Meine Intention war eine andere. Ich wollte eigentlich eine Familienchronik erstellen. Ein großes schweres Buch mit einem Ledereinband. Die leeren Seiten wollte ich extra von einem Papiermacher herstellen lassen. Nur hatte ich keine Ahnung, wie viele Seiten ich brauchen würde. Und dann erst die Kosten. Ok, ich hätte es an meine Kinder weitergegeben, aber im Moment unmöglich. Also habe ich diese Idee verworfen. Zum Glück hat mir aber Frau Zufall zweimal einen Hinweis gegeben. Sonst wäre dieses Buch auch nicht entstanden.

Zufall Nummer eins war unser Urlaub in der Waldhütte. Sie liegt mitten in einem Naturschutzgebiet. Eine kleine Zufahrt in den Wald. Kein Fernsehen, nur ein Radio. Warm wurde es in dem Haus nur, wenn man den Ofen anheizte. Das Wasser kam aus einen kleinen Bachlauf und war dementsprechend kalt. Gut zum Duschen gab es einen Durchlauferhitzer. Das Haus war spartanisch eingerichtet, aber funktional. Vor dem Haus stand eine Bank mit Blick auf einen Hügel. Neben dem Haus war eine Grill- und Feuerstelle. Hinter dem Hügel wohnte jemand, der Huskys hatte und wenn er am Abend nach Hause gekommen ist, bellten und jaulten sie. Das hörte sich so mystisch an. Vom Gefühl her war es so, als wenn die Wölfe kommen würden. So seid ihr jetzt gedanklich in der Hütte? Und in dieser Hütte gab es ein Gästebuch. Es haben sich Familien aus vielen Ländern darin verewigt. Und unter anderem auch eine Schriftstellerin. Den genauen Wortlaut ihres Eintrages weiß ich nicht mehr. Nur was ich noch weiß: „Ein halbes Jahr und dank der Ruhe habe ich mein Buch fertigbekommen." Ich war so davon beeindruckt, das in mir der Gedanke aufkam, dass ich das auch machen möchte.

Zufall zwei und damit der eigentliche Start, war der Elternabend von Adrian und Emilia. Ich war mit meiner Frau zusammen in der Schule. Jeder in einem extra Klassenraum, logisch die beiden gingen ja auch in verschiedene Klassenstufen. Mein Teil der Veranstaltung war erledigt und ich hatte noch Zeit bis meine Frau mit ihrem fertig war. Also setzte ich mich im Eingangsbereich der Schule auf einen Tisch. Und dank meiner Depression, die ich damals schon hatte, bin ich ins Grübeln und Nachdenken gekommen. Als ich so die Schule und die Umgebung mit den Leuten beobachtete, fing ich plötzlich an zu schreiben. Einfach so. Ich schrieb die Eindrücke und Emotionen einfach in ein Schulheft, welches ich dabei hatte. Ohne darüber nachzudenken. Mein Gehirn und mein Unterbewusstsein führten einfach meine Hand und die Gedanken waren auf einem Blatt Papier. Ich weiß jetzt wo ich es selber lese, hört sich das sehr seltsam an, aber so war es nun mal. In der Therapie in der Klinik haben wir einmal eine Übung gemacht. Dort haben wir uns intuitiv einen Brief geschrieben.

Also mein Herz schreibt mir einen Brief. Es funktioniert. Und auf diese Art und Weise habe ich mein ganzes Buch geschrieben. Ich schreibe meine Gedanken ungefiltert in ein Schulheft, danach das Kapitel in den Laptop tippen und die Gedanken ausformen und in einen verständlichen Satz wandeln. Danach nur noch Korrektur lesen und fertig. Ist doch ganz leicht (grins).

Naja, ganz so einfach war es dann doch nicht. Durch meine Therapie habe ich Helmut kennengelernt, also begonnen mit Tagebuch schreiben. Ich konnte schon immer meine Gefühle und Gedanken besser handschriftlich ausdrücken.

Also habe ich dann vor etwa drei Jahren mit den ersten Kapiteln angefangen. Meine Therapeutin und ich haben schließlich begonnen, Themen zu bearbeiten, die weh tun. Also warum nicht gleich komplett raus damit. Ich fühle mich persönlich viel besser und leichter wenn ich bestimmte Dinge anspreche und dann eventuell sogar aufschreibe. Vom Gefühl her ist es so, als wenn ich aus meinem Rucksack wieder etwas herausnehme und nicht mehr einpacke. Er wird einfach leichter. Natürlich nur die negativen, die schweren Sachen. Die guten Dinge bleiben im Rucksack, solche sind ja federleicht. Und wenn die negativen Erfahrungen Platz machen, haben positive mehr Raum. Das soll nicht heißen das ich sie vergesse, nein, ich kann nur leichter damit umgehen.

Ich bemerke auch immer wieder, dass ich nicht überall schreiben kann. Das hat manchmal weniger mit Ruhe zu tun, als vielmehr mit dem Raum an sich. Das kann Einbildung sein oder doch Realität. Aber in kleinen Räumen habe ich das Gefühl meine Gedanken sind eingesperrt und nicht frei. Eventuell hat das der eine oder andere von euch auch schon einmal bei sich festgestellt. Faszinierend und beängstigend zugleich. Ich nutze daher oft große Räume oder die freie Natur für meine Gedanken. Dort kommen sie und hören oftmals nicht mehr auf.

Ich habe etwa 6 Monate am ersten Teil dieses Buches gearbeitet und der Plan war ja, das ich 2019 komplett fertig bin. Aber nein, wer hatte etwas dagegen? Natürlich der Alltag. Ok, mir wäre wahrscheinlich vieles nicht ganz so klar gewesen wie jetzt. Ich habe zwar versucht neben dem Job und dem Haushalt weiterzuschreiben, aber keine Chance. Mir fehlten die Ruhe und die Kraft dazu. Jetzt ergibt sich mir auch der Sinn mit der Waldhütte und ich werde das bei den nächsten Büchern mit in Betracht ziehen.

Als ich im September 2022 in die Klinik gekommen bin, war mein erster Gedanke: „Jetzt habe ich Zeit für meinen Herzenswunsch". Das habe ich meiner Therapeutin hier auch so gesagt und sie fand die Idee überhaupt nicht gut. Ich sollte mir keinen weiteren Leistungsdruck antun. Ich dachte mir: Rede du nur, ich mache eh was ich für richtig halte. Zumindest bei diesem Thema.

Aber ich musste sehr schnell selber feststellen, das sie Recht haben sollte.

Und ich habe meine Einstellung ein wenig geändert. Und habe nur geschrieben, wenn ich zeitlich und vom Kopf her dazu in der Lage war. Dann habe ich eben mal ein paar Tage nichts gemacht, und das ist auch ok. Das Ziel war zwar immer noch das selbe, aber der Weg war deutlich einfacher. Ich habe versucht es so authentisch wie möglich auf ein Blatt Papier zu bringen. Ohne jemanden persönlich zu verletzen oder verbal anzugreifen. Sollte dies dennoch passiert sein so verzeiht mir und gebt mir die Möglichkeit, in aller Ruhe darüber zu sprechen.

Die Bilder nach vielen Kapiteln sollen meine Gedanken etwas mehr sichtbar machen. Zumindest habe ich es versucht.

Ich habe viele Teile des Buches mit Hilfe von Musik geschrieben. Kopfhörer auf und die Musik ganz laut. Die Welt und die Menschen um mich herum waren dann oftmals nicht da. Nur ich, die Musik, der Stift und das Heft und schon kommen die Gedanken.

Ich habe jetzt zwar keinen fünfhundertseitigen Roman, aber ich habe viele Tränen, Mühe und Arbeit hineingesteckt. Und ich hoffe ihr als Leser merkt das ein Stück weit.

Fazit: Sucht euch etwas, was euch Freude macht und wo ihr eure Gefühle ausdrücken und Erinnerungen verarbeiten könnt. Es lohnt sich für jeden von euch!

13. Das Ende....?!

Da war dieses Gebäude mit dem großen Parkplatz an der Seite. Es liegt ziemlich ländlich, umgeben von ein paar Feldern und Wald. Vor dem Haus sieht es fast aus wie in einem kleinen Park. Da war ein von Hainbuchen eingegrenzter Raucherbereich mit drei Bänken und zwei großen Steinen. Läuft man den Weg ein kleines Stück weiter, befindet sich rechts eine gepflasterte runde Fläche mit halbrunden stufenartigen Sitzflächen. Es erinnert ein wenig an ein altes Amphittheater, nur nicht so groß und so alt. Daneben steht ein achteckiger aus Holz gebauter Pavillon. Dieser sollte noch eine ganz wichtige Rolle in den nächsten Wochen spielen.

Das ganze Gebäude schaut aus wie ein Urlaubshotel. Nur das es eben kein Hotel ist, sondern die Psychosomatische Klinik in Windach.

Da ich im Sommer 2022 mal wieder in eine depressive Phase gefallen bin, brauchte ich echt mal wieder Hilfe von außen. Mein Kopf war voll mit

Gedanken. Das schlimme dabei, es waren fast nur schlechte. Weil ich nicht mehr weiterwusste, habe ich mich erst einmal krankschreiben lassen. Ich kenne diese Klinik nur durch die Erzählungen von Petra. Sie ist ja Heilpraktikerin und Therapeutin und empfiehlt ihren Patienten oft diese Klinik. Da ich mal wieder an einem Tiefpunkt in meinem Leben war, wollte ich nur noch Hilfe haben. Oder besser gesagt, ich suchte gezielt Hilfe zur Linderung meiner Leiden. Meine Hausärztin hat meine bewusste Entscheidung von mir zum Klinikaufenthalt sehr befürwortet. Also habe ich den Antrag gestellt und es ging relativ schnell mit einem Aufnahmetermin.

Ich muss mal kurz in der Zeit zurückspringen. Hoffentlich ist jetzt der eine oder andere nicht geschockt. Egal, das gehört zu mir und zum Verständnis und dem „Warum". Ich war 2019 in einer schlimmen Phase meines Lebens. Der Kontakt zu meinen Kindern wurde immer weniger und ist irgendwann ganz eingeschlafen. Es lag aber nicht an mir. Und weil mich das so fertig gemacht hat, fehlte mir auch langsam die Kraft zum Kämpfen. In dieser Zeit habe ich mal wieder alles mit mir machen lassen, wie so oft im Leben. Ich arbeitete etwa sechzig bis siebzig Stunden die Woche als Lkw-Fahrer. Und trotz der Umstände die dieser Job mit sich bringt, liebe ich ihn. Der Beruf hat nicht nur schlechte Seiten, oftmals kann man auch viel Schönes erleben. Da sind zum Beispiel die Sonnenauf- und untergänge. Sie sind jeden Tag anders und immer wieder schön. Auch bin ich sehr gerne weit weg von daheim, weil das nachhause kommen so schön ist. Da ich aber nur die Wochenenden da war, war es zeitlich immer sehr knapp und oft auch stressig. Und meine Familie brauchte mich ja auch. Jedenfalls war ich einfach am Ende. Ich konnte und wollte nicht mehr. Ich bin mit dem Lkw damals sehr oft dieselbe Strecke gefahren. Und da mein Burnout, ich glaube, es war da schon eine ernste Depression immer schlimmer wurde, habe ich mir schon überlegt gegen welche Brücke ich fahre, damit mein

Leiden endlich ein Ende findet. Ich habe oft im Lkw gesessen und wenn es mir gedanklich wieder schlecht ging, einfach nur geweint. Mich hat nur ein Gedanke zurückgehalten. Und der war meine Familie, die Helfer am Unfallort und eventuell vollkommen unschuldige Menschen. Dieser Gedanke und mein Helfersyndrom haben mich gerettet. Als ich in der Woche am Freitag daheim war, habe ich meinen Chef Bescheid gegeben das ich zum Arzt gehen werde. Seine Reaktion war mehr als nett, aber egal. Es ist und war mein Leben und das setze ich für niemanden mehr aufs Spiel.

Durch einen Zufall habe ich Petra kennengelernt. Ich wollte eigentlich erst nicht, bin dann aber meiner Frau zuliebe mitgegangen. Wir waren auf einem Vortrag von Petra. Das Thema weiß ich gar nicht mehr. So voll war mein Kopf. Nach diesem Vortrag waren sich meine Frau und Petra einig: Ich benötige Hilfe. Es haben anscheinend alle gesehen, die genauer hingeschaut haben. Mein Gang muss schrecklich gewesen sein, gebückt und innerlich klein. Nach einigen Hin und Her von mir bin ich dann doch einmal zu Petra gegangen. Man kann es ja mal versuchen. Naja aus dem „mal schauen" sind fast drei Jahre geworden und es entwickelte sich sogar eine Freundschaft. Es waren viele Therapiestunden und viele Tränen nötig, damit es besser wurde. Wir hatten Zeiten, da hätte ich gefühlt in ihrer Praxis einziehen können. Und es gab Phasen, da war ich monatelang nicht da. Natürlich waren wir immer dank moderner Technik verbunden. Warum sollte ich auch hin, mir ging es ja gut. Ich habe echt gedacht, ich bin über den Berg und mich haut jetzt nix mehr um, aber das war ich nicht. Ich bin wieder in meine alten Muster verfallen und war wieder in derselben Spirale. Und es begann wieder von vorne.

Die Krebsdiagnose meines Vaters gab mir den Rest. Ich war wieder mal am Ende und habe mich wieder krankschreiben lassen. Auch diesmal hatte ich wieder diese Selbstmordgedanken, nur diesmal haben sie sich nicht auf eine Möglichkeit beschränkt. Ich habe echt mehrere

Szenarien gedanklich durchgespielt. Die Gedanken kamen einfach so. Oft in der Früh gleich nach den Augen aufmachen. Es waren aus heutiger Sicht wahnsinnig unschöne und sehr traurige Gedanken. Ich wollte nicht mehr, zum Glück rückte der Klinikaufenthalt immer näher. Und ich hatte bis zu dem Sonntag bevor es los gehen sollte trotz meines Zustandes alles soweit erledigt, das ich mit ruhigem Gewissen fahren konnte.

Es war Montagmorgen als die Reise zu meinem neuen „ich" beginnen konnte. Meine Frau hat mich gefahren. Ich habe mich von ihr verabschiedet und bin mit meinem Gepäck durch die Eingangstür gegangen. Alle negativen Gedanken an die Außenwelt waren nicht mehr da. So als wenn einer den Reset-Knopf gedrückt hat. Oder habe ich nur vergessen sie einzupacken? Sowas habe ich noch nie erlebt. Ich habe mich angemeldet und nach einer kurzen Wartezeit kam eine nette Dame und zeigte mir alles. Bei dem Rundgang kam in mir ein Gefühl von Urlaub auf. Der einzige Unterschied zu einem Hotel waren die Namen an den Türen. Da stand Doktor sowieso und es gibt eine medizinische Zentrale. Als ich in meinem Zimmer angekommen bin, war ich sehr erstaunt. Zwei Betten und funktional eingerichtet, aber dennoch gemütlich. Das Zimmer hat einen Balkon mit zwei großen Fenstern. Ich packte erst einmal meine Sachen in den Schrank und richtete mich ein wenig ein. Der nächste Weg war die Cafeteria. Mit Kaffee und Zigarette bewaffnet ging ich von dem Eingang der Klinik Richtung Pavillon. Erstmal runterkommen und die Situation wirken lassen. Der Pavillon an sich ist nichts Besonderes. Das Besondere sind die Menschen darin. Sie haben mich sofort aufgenommen und akzeptiert. Die vielen Mitpatienten sind alle irgendwie ein Teil des Therapiekonzeptes. Und ich habe gefühlt dreiviertel meines Aufenthaltes unter ihnen verbracht. Wir haben viele gute und auch helfende Gespräche geführt. Es kann sich jeder dort öffnen, wenn man dazu bereit ist. Das Tempo dafür bestimmt jeder für sich selbst. Es wird hier niemand verurteilt und beurteilt. Wir sind alle Menschen und jeder ist für sich einzigartig und hat sein Päckchen zu tragen. Die Gemeinschaft hier hat mir sehr viel gegeben und ich hoffe, ich konnte auch etwas zurückgeben.

Da ich ja in einer Klinik bin ist es ganz normal, dass Patienten kommen und gehen. Es sollte die Zeit kommen, in der die Gemeinschaft zerbricht. Erst sind nur ein paar Leute gegangen und dann waren die, die mich so aufgenommen haben, nicht mehr da. Und komischer weise hatte ich keine Verlustängste. Trotzdem dass es mir unter ihnen so gut ging.

Zum Glück waren noch einige von uns an einem See. Wir trafen uns an einem Sonntag. Erst wollte ich nicht mit, habe aber dann meine Meinung zum Glück geändert. Sie wollten mich dabeihaben. Ich bin mitgefahren und es war ein schöner Nachmittag. Am Abend haben wir bei traumhaft schönen Sonnenuntergang ein Lagerfeuer gemacht. Wir haben ohne zu sprechen einfach den Moment genossen. Wir wollten alle nicht gehen und wären am liebsten bis zum Sonnenaufgang geblieben. Nur mussten wir zurück. Zurück in den Klinikalltag. Ich bin unendlich dankbar, dass ich diese Momente mit so lieben Menschen teilen durfte, ich werde mich immer mit Freude daran erinnern.

Durch die vielen verschiedenen Therapien in der Klinik ist mir sehr viel klargeworden und ich verstehe manches besser. Ich habe für mich neue Therapieformen kennenlernen dürfen. Die nichts mit körperlicher Betätigung zu tun haben. Nur habe ich festgestellt, dass die Arbeit mit mir selbst und der Vergangenheit um ein vielfaches härter ist als Sport oder so. Es arbeitet oftmals noch Tage nach in mir und ich bin am Wochenende so müde als wenn ich eine komplette Arbeitswoche hinter mir habe. Das ist aber der Sinn und Zweck des Ganzen. Und am Anfang dachte ich mir „Wenn ich hier raus bin, komme ich nicht wieder. Ich habe ja sonst versagt". Jetzt denke ich anders darüber. Wenn ich wieder kommen muss hat das überhaupt nichts mit Schwäche zu tun, sondern ist ganz große Stärke. Weil ich den Mut und die Erkenntnis habe, dass ich Hilfe annehmen darf. Und ich würde sie immer wieder in Anspruch nehmen.

Die Versorgung hier ist natürlich richtig gut. Dreimal täglich eine Mahlzeit. Und alle Mitarbeiter in der Klinik sind sehr nett und freundlich. Das gesamte Paket der Klinik gibt dir einfach die Möglichkeit gesund zu werden. Es ist auch so, dass du die Klinik jederzeit verlassen darfst man muss eben nur am Abend und zu seinen Terminen da sein. Die Mitarbeiter, ob die Reinigungskraft auf der Station, die Bedienung im Restaurant oder auch die Profis an Therapeuten sind alle ganz, ganz wichtig damit es einem bessergeht.

So ihr Lieben, ich komme jetzt mal langsam zum Ende. Ich glaube, ich könnte nur durch den Klinikaufenthalt ein ganzes Buch schreiben. Aber das sind meine ganz persönlichen Momente und die trage ich im Herzen. Ich werde die Klinik und die Menschen darin jetzt schon vermissen. Der Abschied wird sicher schwer werden. Und die eigentliche Arbeit beginnt erst daheim im Alltag. Und ich bin davon überzeugt, dass noch nicht alles gut bei mir ist. Das Leben fordert mich halt doch jeden Tag heraus. Und ganz ehrlich, ich habe richtig die Hose voll, bei dem Gedanken wie wird das mit dem neuen „Ich" werden. Die Frage ist nur, wie gehe ich damit um. Darum möchte ich mit einem Satz aus der Therapie enden. Er hat mich tief im Herzen getroffen und ich hoffe, er wird auch ein Stück zu eurem. Er hat in mir ganz viel ausgelöst.

„Ich darf in meinem Leben Hilfe und Unterstützung haben."

Fortsetzung folgt………

Nachwort

Nachdem ich dieses Manuskript als Erste lesen durfte, erlaube ich mir ein Fazit dazu abgeben:

Ich bin Nici, seit 9 Jahren mit Michael zusammen, seit 1 ½ Jahren mit ihm verheiratet.

Micha hat es leider nicht geschafft!

Nicht geschafft, seinem Leben einen neuen Sinn zu geben. Er persönlich sieht das wahrscheinlich etwas anders. Ich kenne Micha aber sehr gut und da ich mich sehr viel mit der Krankheit „Depression" beschäftige, weiß ich, dass sich nichts, aber auch absolut gar nichts zu dem ‚Micha vor dem Klinikaufenthalt' geändert hat.

Micha hatte ca. 1 Monat nach Ende seines Klinikaufenthaltes keine Lust mehr, sich mit sich selbst zu beschäftigen (seine Worte).

Er hat wieder einmal den Weg des geringsten Widerstandes genommen und ist weggelaufen. Weggelaufen vor seiner Krankheit und kümmert sich lieber um alles andere als um sich selbst.

Ich kann verstehen, dass wenn man so lange nicht arbeitet und daheim rumsitzt und es mit der beruflichen Neuorientierung nicht so schnell klappt, wie erhofft man den Mut verliert.

Nur diesmal hat mein Arschtritt in die richtige Richtung leider nicht geholfen.

Mein Vorschlag wäre gewesen, das Micha sich in einem „Treffpunkt für Menschen mit seelischer Erkrankung" vorstellt, um wieder auf den Alltag vorbereitet zu werden. Dort gibt es Leute, die mit ihm geschaut hätten, welche Berufe für ihn möglich gewesen wären. Vielleicht als Quereinsteiger, vielleicht auch mit neuer Ausbildung. Wer weiß?

Nein, Micha will wieder arbeiten. Geld verdienen, Sachen in Ordnung bringen, etc.

Das habe ich in den vergangenen Jahren mehr als einmal gehört und es hat sich nichts geändert.

Nun arbeitet er seit Anfang des Jahres wieder als Fernfahrer und ist nur an den Wochenenden zu Hause. Er kann keine Freundschaften pflegen und keine Arzttermine wahrnehmen.

Ihn macht es glücklich, auf seinem hohen Roß zu sitzen und viele Autobahnen zu sehen.

Mich macht es traurig, weil ich weiß, wohin das führt.

Und es geht dabei nicht um den Job als Fernfahrer. Es geht darum, dass er sich lieber mit allem anderen beschäftigt, als mit sich selber und nichts für sich tut.

Nachdem ich dieses Buch jetzt schon 2x durchgelesen habe, weiß ich, dass seine Therapie noch lang nicht beendet wäre.

Wie Micha selbst schreibt, fühlt er sich als ewig Getriebener. Ewig auf der Suche nach irgendetwas.

Und so wird es wahrscheinlich immer weitergehen…..